KB207371

이상한 나라 꼬레

한국인의 죄와 벌

이상한 나라 꼬레

한국인의 죄와 벌

발행 2025년 5월 25일

펴낸이 홍철부
지은이 쟝 뽈 마띠스
엮은이 홍석연
펴낸곳 문지사
등록 제 25100-2002-000038호

주소 서울특별시 은평구 갈현로 312
전화 02)386-8451/2
팩스 02)386-8453

ISBN 978-89-8308-609-9 (03810)
정가 17,500원

나는 한국인이 즐겨 쓰는 인간적이란 말을 좋아한다. 문제는 내가 쓰는 '인간적'과 한국인이 쓰는 '인간적' 사이에는 차이가 있다는 것을 존중하고 개인의 가치를 인정하고 개인의 자율성이 인정되는 인간적과 부모와 자식, 형제처럼 위아래의 종적인 관계를 중요시하는 인간적인 말에는 다소 차이가 있다는 점이다.

이 책을 읽는 분에게

|이상한 나라 꼬레|

프랑스인에게 있어서 한국은 머나 먼 극동의 나라다. 한국인이 미국이나 중국과 깊은 관계를 맺고 있는 것과 비교한다면, 프랑스와의 상관 관계는 대수롭지 않다고 말할 수 있을 것이다. 실제로 한국에서 생활하고 있는 프랑스인은 미국인이나 중국인에 비하면 상대가 되지 않을 정도로 적다.

세계 2차대전 후 한국인의 생활 양식은 크게 변했으며, 미국의 영향이 현저해졌다. 그런 아메리카 현상과 전통적인 한국인의 사고방식이 잘 융화되고 있는 부분과 그렇지 않은 부분이 많다고 생각된다. 프랑스나 영국을 포함한 세계의 자유주의 국가가 많든 적든 미국의 영향을 피할 수 없는 오늘날, 언어, 풍속, 습관이 다른 한국이 어떻게 이에 대처해 갈 것인가는 우리 외국인의 관심거리이기도 하다.

나는 원래 미국과 일본과 한국을 무대로 뛰는 일개 무역상으로 비평가도 학자도 아니다. 물론 문필가도 아니다. 단지 한국인 아내와 함께 한국에 장기 체류하고 있는 외국인 생활자라고 생각하시기 바란다.

그 동안 '조용한 아침의 나라'에서 체험한 것을 정리해 보고 싶었고, 그것이 한국인들에게 뜻있는 선물이 될지도 모른다는 생각에서 이 글을 쓰기 시작했다.

물론 한국어도 서툴고 문장은 더 서툴다. 무엇보다도 오랫동안 일본의 지식인들 사이에서 읽혀 온 폴·보네 씨의 『이상한 나라 일본』이라는 책이 많은 참고가 되었고, 일부 번안한 것도 있음을 고백한다. 한국과 일본은 서로 닮았으면서도 닮지 않는 면도 많기 때문에 공통 분모적인 것만 참고했다. 내용 중에는 한국인 친구들에게 실례가 될 만한 것도 많이 있지만, 너그럽게 보아 주시기 바란다. 혹시 입에 쓴 곳은 양약으로 생각하시면 도움이 될 것이다.

나는 아시아의 기적이라 불리우는 한국을 객관적으로 보려고 노력했다. 프랑스인의 생활 습관이나 생활 철학과 너무도 다른 한국인의 그것에 직면했을 때, 내가 보고 느꼈던 것을 그대로 썼다. 따라서 한국인 독자가 의외로 생각하거나 불쾌감을 느끼거나 할 이야기도 있을 것이다. 그러나 그것은 악의가 있어서 그런 것이 아니라는 점을 이해해 주시기 바란다. 즉 프랑스적 합리주의와 한국적 합리주의의 차이가 큰 경우에 그럴 것이다.

책이름을 『한국인의 죄와 벌』이라고 한 다음에 작은 제목 '이상한 나라 꼬레'로 붙인 것은 프랑스인의 입장에서 본 때문이지 걸리버 여행기를 모방한 것은 아니다. 오히려 이상한 나라의 엘리스처럼 신기

한 체험이 많았기 때문이라고 생각해 주면 좋겠다.

우리들 프랑스인은 때때로 권태에 대한 끝없는 욕망의 포로가 되는 경우가 있다. 그런 프랑스인에게 한국인의 근면조차 하나의 기이한 모습이 될 수 있다. 그런 기이한 모습을 해명해 가는 것이 아시아의 기적을 프랑스에 수입하는 것과 관계가 있을 지도 모른다는 것이 내 생각이자, 속마음이기도 하다.

또한 그 기이한 모습이란 것이 결코 결점만이 아니라는 것을 밝혀 두며, 어떤 것은 한국인의 장점 또는 개성일 수도 있음을 인정해야 할 것이다. 그리고

"아하, 내 코 밑에 밥풀이 붙어 있었구나."

하고 조용히 웃어주시면 고맙겠다.

장 뽈 마띠스 씀

이상한 나라 꼬레 • 한국인의 죄와 벌

차 · 례

1 | 내 아내는 한국인

2 | 봄처녀가 춤추네

차•례

차•례

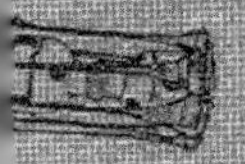

1

내 아내는 한국인

내 아내는 한국인

유럽의 어떤 신문사 특파원으로 와 있는 술 좋아하고 연애 좋아하는 친구가 있었다. 이 친구의 말을 빌면,

"한국은 세계 최고의 파라다이스다."

그러나 나는 아직 그 뜻을 잘 모른다. 낙원이란 생각하기 나름이고, 종로구 낙원동은 이름은 좋지만 별로 낙원 같지 않았기 때문이다. 아무튼 그 친구가 말하는 낙원이란 여자와 관련된 말인 것 같았다.

언젠가 특파원들 사이에서 한국 여성이 화제가 되었었다고 한다. 그 중에서 몇 가지를 나열해 보면,

'남성의 가구 비슷한 존재.'

'쾌락추구형 주인의 귀여운 나비.'

'요리사 겸 가정부, 침실의 상대.'

등등 특이한 표현이다.

그러나 덴마크의 한 여기자는 말했다.

"한국의 남성은 잔혹하다. 틈만 나면 회사 사람들과 어울리고, 부인은 컴퍼니 위도우(Company Widow)가 되어버린다."

스웨덴의 한 친구는 한국의 회사 중역들을 가리켜 이렇게 매도하기도 했다.

"집안일이나 아이를 키우는 성가신 일은 부인에게 맡기고, 젊어서 술집이나 카바레에서 적당히 즐기는 색골같은 늙은이들."

또 어떤 친구들은 직장 여성의 부당한 차별대우를 지적했고, 다른 친구는 한국의 부인들은 의외로 악착스럽다고 했다는 것이다.

그러나 평균적인 한국 여성은 유럽의 남자가 로맨틱한 이미지로 그리는 순종형도 아니고, 유럽의 여성이 동정할 정도로 학대 받고 있지도 않다고 나는 생각한다.

한국의 가정에서는 생활비나 육아에 관한 주부의 발언권이 센 편이다. 남편은 월급을 봉투째 부인에게 맡기고 용돈을 타서 쓰는 경우가 적지 않다. 소위 유럽의 여러 나라와는 반대 현상이다.

그런데, ……실은 내 아내도 한국인이다. 한국인을 아내로 맞이한 경우의 장점과 단점……에 관하여 열을 올려보아야(쑥스럽기도 하고), 집에서나 친구들에게서 추방될 우려도 있으므로, 우리 친구들의 한 작은 모임에서 허심탄회하게 나눈 한국 여성론을 잠깐 소개해 보겠다.

우리 모임의 출석자 중 반은 한국인 아내와 살고 있는 국제 결혼 커플이고, 나머지 반은 유럽인 끼리의 커플이다.

유럽인 끼리의 커플인 경우-한국에 있는 외국인 부부의 공통된 징후이긴 하지만- 남편은 자기자신을 가엾게 여기고, 한국 여성과 결혼한 친구를 부러워한다. 그리고 그 부인은 한국 여성을 이상적인 와이프라 추켜세우는 소리에 진력이 나서, 그런 이미지를 어떻게 해서든 타파해 보이려고 노력한다.

얼마 전의 모임에서 한국 여성과 결혼한 지 몇 달도 채 안 된 미국인이 자기 처는 물론, 한국 여성 전반에 대하여 칭찬을 늘어놓기 시작했다. 그러자 갑자기 공처가로 알려진 또 다른 미국인이 열변을 토하며 이에 동조했다.

그 신혼의 친구가 자랑스러운 듯이

"정말 총각으로 한국에 오기를 잘 했어. 이렇게 멋진 아내를 만났으니까 말이야."

하고는 옆에서 얼굴을 붉히고 있는 자기 아내의 뺨을 살짝 꼬집고는 한 술 더 떠서 떠들어대는 것이었다.

"직장에서 지쳐서 돌아왔을 때 이처럼 마음씨 고운 아내가 기다리고 있다는 것은 정말 근사한 일이야. 자네들은 모를 걸세. 집에 돌아오면 문 앞에서 활짝 웃으며 맞아 주겠다, 커피에, 목욕물에, 마사지까지 해줄 때도 있거든. 인생이란 이 정도는 돼야 하는 거 아니겠어?"

"물론이지, 그렇고 말고. 나도 다 알고 있다구."

다른 공처가도 맞장구를 쳤다.

"자네는 행복한 남자야. 그런데 나는 뭐야. 집에 돌아와도 우리 집 베티는 미장원엘 갔는지, 자선 바자에 갔는지, 맨날 바쁜 것 같단 말씀이야. 돌아오면 반대로 내가 코트를 벗겨주거나 커피를 끓인다니까. 그 뿐이면 좋게? 하와이에 데려가 줘요, 새로 나온 코트를 사 줘요……. 도대체 견딜 수가 있냐 말이야."

한국 여성과 연애 중인 젊은 영국 남자도 끼어들었다.

"결혼을 하려면 한국 여성이 최고지요. 내 애인은 약속 시간에 내가 좀 늦어도 불쾌한 표정을 보인 적이 없어요. 손님을 집에 데려가도 불평이 없고, 설거지도 도와 달라지 않는다면서요? 영국 여성처럼 나이트 클럽이나 외식에 데려가 달라고 조르지 않죠, 너무 많이 먹어서 뚱뚱해 지지도 않지요, 화장이 진하지도 않아요……. 나도 결혼 상대는 절대적으로 한국 여성입니다. 이건 입에 발린 말이 아니라니까요. 항상 밝은 얼굴로 상대 남성을 즐겁게 해 줄 것만 생각하고, 자기 일은 아무 것도 요구하지 않으니까요."

그런데 이 사람들은 그 천사 같은 여성을 어디서 만난 것일까? 아무리 한국 여성에게 홀딱 반했기로서니 꿈속의 그림같은 말만 늘어놓고 있었다.

공처가가 다시 무슨 말을 하려고 하자, 그의 부인은 물론 다른 부인들도 일제히 들고 일어났다.

"말씀 잘 들었어요."

공처가가 흠칫 놀란 표정을 했다.

"뭐라고 하셨지요? 당신들은 겉만 보고 그런 꿈같은 이야기를 하시는 거예요. 한국 여성은 결혼하면 금방 변해 버린다구요. 보기 좋은 여름철 장미도 시들어버린다는 사실을 몰라요? 겉모습이란 곧 사라지는 거예요. 40을 넘은 한국 부인들을 보세요. 치맛바람에다, TV 연속극에 넋을 잃고……. 그러나 우리들은 아직 무언가 뜻있는 일을 하고 있거든요."

짙은 화장을 한 누군가의 부인이 한 마디 더 거들었다.

"한국 여성의 화장이 어떻다고요? 미용 성형 수술한 사람은 보지도 못했나요? 눈을 크게 하고, 쌍꺼풀을 만들고, 코를 높이고, 가슴까지 키우는 사람도 있어요."

씀씀이가 헤퍼서 남편의 지갑 속에 있는 먼지까지 훑어낸다고 소문난 스웨덴 여성이 또 한 마디했다.

"한국 여성이 선물을 요구하지 않는다구요? 결혼하면 남편들은 월급 봉투를 뜯지도 않은 채 갖다 준다고요? 잘 참고 해낸다고 하지만, 자기 주장을 죽인 체 적극적으로 이야기도 하지 못하는 여성이라면 아내로서의 매력도 없는 것이 아니겠어요?"

……점입가경이다.

한국인 부인을 가진 쪽은 기분이 나빴을 것이다. 나도 처를 데리고 정원으로 나갔다. 말없이 따라나온 아내는 어쨌든 유쾌하지 않은 표정을 짓고 있었다.

"당연하잖아요? 분명히 실례예요. 여러 사람 앞에서 자기 부인을 흉본다든지 비판하면, 부인 기분이 어떻겠어요?"

나도 뭔가 한 마디 하고 싶었다.

'결혼하면 한국 여성은 변한다.'

조금 전에 유럽인 여성 누군가가 했던 말이 떠올랐다. 그것이 사실일까? 그러나 나는 입을 다물어 버렸다.

귀엽고 훌륭한 한국인 여성이 결혼하면 정말로 변하는지 어떤지를 내가 어설프게 고백할 생각은 없다. 여러분이 훨씬 잘 아실테니까.

아내의 눈물

아침 신문을 읽다가 갑자기 아내가 울기 시작했다.

나는 영문도 모르고 아내를 바라보았다. 눈물 방울이 신문지 위에 떨어졌다. 나는 어깨를 감싸주며 왜 그러느냐고 물었다. 아내는 한참 동안 눈물을 삼키다가 신문을 내 앞으로 밀어놓았다.

손가락으로 가리킨 곳에는 도시락이 두 개 놓여 있는 쌍용 그룹의 스승의 날 광고가 실려있었다. 큰 활자로 '오늘은 속이 불편하구나.' 하는 캐치프레이즈가 박혀 있었다.

이상도 하지, 이것 때문에 울다니! 하는 표정으로 나는 다시 아내를 바라보았다. 아내는 이미 눈물을 거두고 미소를 머금고 있었다. 도무지 귀신에 홀린 기분이었다. 아내는 나머지를 읽어보라고 했다.

참으로 어려웠던 시절

그 날도 선생님은 어김없이

두 개의 도시락을 가져 오셨습니다.
여느 때는 그 중에 한 개를 선생님이 드시고
나머지를 우리에게 내놓곤 하셨는데
'오늘은 속이 불편하구나.' 하시며
교실 밖으로 나가셨습니다.
찬물 한 주발로 빈 속을 채우시고는
어린 마음들을 달래시려고
그 후 그렇게나 자주 속이 안 좋으셨다는 걸
깨닫게 된 것은 긴 세월이 지난 뒤였습니다.(후략)

나는 다시 아내를 바라보았다. 이게 도대체 뭐길래 눈물을 자아냈는지 알 수가 없었다. 그러나 아내의 표정은 진지했다. 아내는 추억 속의 어느 곳을 더듬고 있었다.

어느 누구도 타인의 추억을 빼앗을 수는 없다. 더욱이 그 추억이 어떤 보석보다도 빛나는 것일 때는…….

전쟁이 휩쓸고 간 자리에는 판잣집과 가난만 남아 있었고, 점심은 고사하고 하루 한 끼 넘기기가 어려웠다고 한다. 약간 여유있는 집 아이라야 꽁보리밥에 고추장이었고, 감자 하나만 갖고 오는 아이도 있었고, 그나마 가져 오지 못하는 아이가 한 둘이 아니었다는 것이었다. 그 때 선생님은 종종 속이 불편하시다면서 점심을 나누어 주시곤 했는데, 아내는 미안하고 부끄러워서 학교 뒷동산으로 도망쳐 가서는 아카시아 꽃 잎을 씹으며 배고픔을 달랬다는 것이었다.

지금 그 분을 뵈올 길이 없고, 그리움과 아쉬움에 불현듯 눈물이 솟구쳤다는 아내의 얼굴이 얼마나 아름답게 보였는지 여러분은 아마도 상상도 못할 것이다.

이 나라의 중년 이후의 사람들은 아직도 스승에 대한 사랑과 애틋한 추억을 간직하고 있고, 그림자도 밟지 않고 뒤를 따르며 우러러 보고 있다. 그러나 요즘 아이들은 스승을 가리켜 '쥐약(돈)'이 든 봉투나 받아먹는 사람쯤으로 생각하고, 학교 종이 '돈돈돈' 하며 울린다고 생각한다고 한다.

학생들이 나쁜 건지, 학부모들이 나쁜 건지, 스승이 나쁜 건지, 나는 알지 못한다. 감투를 돈으로 사려는 썩은 정신풍토가 학교에까지 만연되어 쥐약을 먹여야만 반장도 할 수 있고 우등생도 될 수 있다고 믿는다면, 이 황금 만능주의를 누구의 탓으로 돌려야 할 것인가?

이런 불신풍조가 너무도 심각해서 스승의 날을 만들었는지도 모른다. 하루만이라도 스승의 고마움을 알고 존경심을 가져 달라고 부탁하는 날이 필요하고, 어린이나 어버이를 아끼고 사랑하는 특정한 날이 필요하고, 문화를 사랑하는 기간이 필요하고, 독서를 장려하는 기간이 필요하다면, 그 이외의 하고 많은 나날은 도대체 얼마나 한심한 날이라는 말인가?

이런 수 많은 기념일을 가진 것도 이상한데, 아니, 이런 기념일을 가지고 있으면서도 무언가 제대로 되지 않는다면, 어찌 이상한 나라가 아닐까 보냐!

요술 반지

아내는 얼마 전까지만 해도 나에게 불만이 많았다.

그놈의 다이아몬드 때문이었다. 우리가 결혼할 때 아내는 다이아몬드 반지를 사 달라고 했다. 우선 나는 그 비싼 것이 왜 필요한지 몰랐다. 결혼이란 서로의 사랑과 뜻만 있으면 되는 것이 아닌가. 어떤 증거물을 굳이 나누어야 한다는 뜻에 동의할 수 없었고, 간단한 선물도 아닌 값 비싼 다이아몬드를 지정해서 요구하는 데에 어리둥절할 수밖에 없었다.

나는 구두쇠라기보단 매우 합리적인 사람이기 때문에 다이아몬드가 아닌 금반지로 낙착시키려고 무진 애를 썼다. 아내는 결혼을 하지 못하겠다는 극단적인 태도까지 보였다. 이유는 간단했다. 남보기에 창피해서 안 된다는 것이다. 명문 대학을 나온 똑똑하고 예쁜 신부라면, 최소한 다이아몬드의 가치는 있다는 주장이었다.

그러나 나도 고집이 있는 사람이다. 나는 끝가지 서로의 사랑과 마음이 중요한 것이라고 설득했고, 마침내 아내는 울면서 나의 주장에 동의했다. 결국은 사랑이 승리를 했던 것이다!

그러나 아직도 아내는 다이아몬드에 대한 선망을 버리지 못하고 있다. 아마도 한국 여성의 대부분은 다이아몬드 반지를 아라비안나이트에 나오는 요술 반지처럼 무엇이든 원하는 것을 가져다주는 마법을 지닌 것으로 생각하는지도 모르겠다.

자기에게 부족한 것을 무엇이건 원하는 대로 가져다준다면, 정신적인 것이든 물질적인 것이든 무엇하나 부족한 것이 없는 전인(인격자)이 될 수 있는 것이다. 그러므로 열등감을 가질 필요도 없고, 행복 그 자체를 가진 것이나 다름없는 상태가 될 수 있을 것이다. 그러나 그와 같은 요술 반지가 이 세상 어디에 있을까?

설사 이 세상에는 그런 반지가 없다해도 한국 여인들의 꿈속에는 엄연히 존재하고, 그것을 갖고싶어 하는 불타는 욕망은 꺼질 줄을 모른다.

이제는 신부가 신랑에게 요구하는 단계에서 더욱 확대 발전되어서 어떤 시어머니는 신부에게까지 요구하게 되었다.

그래서 시어머니는 다이아몬드 반지를 상납하지 않은 며느리를 학대하고, 이혼하도록 강요까지 한다고 한다. 심지어는 반지는 약과이고, 아파트나 자가용까지도 지참해야 하는 경우도 있다는 것이다.

나이 든 그 분이야 가난에 한이 맺혀 금전 만능주의에 병들어 있다 하더라도, 그들의 똑똑한 신랑감은 또 어찌된 사람일까? 아내가 자기 부모에게 갖은 학대를 받고 이혼을 강요당할 때 수수방관, 아니 그 뜻에 동조하는 줏대 없고 정신이 나간 그 젊은이가 얼마나 똑똑할까?

그 정도의 혼수나 지참금을 요구할 정도로 똑똑하고 전도 유망하다는 그 젊은이들이 줏대없고 속이 썩어 있다면, 과연 그들이 할 수 있는 일은 무엇일까? 이처럼 결혼까지도 돈으로 계산하려는 이 나라가 '그래도 이상한 나라'가 아니란 말인가?

요즘 아내는 다이아몬드에 대한 이야기를 별로 하지 않는다. 신부가 신랑에게 막대한 재산을 가지고 가야 하는 세상에서 그럴 필요가 없었던 것에 감사하고 있는지도 모르겠다. 물론 내가 그처럼 똑똑하고 유능한 신랑감이 아니었던 탓도 있고, 우리 어머니가 지참금을 요구해야 하는 줄을 미처 몰랐던 탓도 있을 것이다.

그러나 우리 부부는 '사랑이란 한 남자와 한 여자가 하나의 천사로 융합되는 것'이라고 한 빅토르 위고의 말을 믿는다. 단지 그 천사가 조금씩 늙어가는 것이 유감이긴 하지만.

서울 쥐와 시골 쥐

아내는 아파트로 이사를 가자고 한다(한국인은 아파르뜨망 이나 아파트먼트라고 부르지 않고 꼬리를 잘라내고 아파트라고 부른다). 그러나 나는 아파트를 싫어한다. 내가 무슨 자연 애호가라서 정원이 있는 집을 굳이 고집하는 것이라기보다는, 어떤 심리학자가 발표한 서울 쥐와 시골 쥐에 대한 연구 결과를 믿기 때문이다.

아파트란 한국의 부인들에겐 꿈과 같은 동경의 대상이다. 아니 단순한 꿈이 아니라 궁전과 같은 곳이다. 내가 아는 사장님이나 중역분들 중에는 고급 아파트에 사는 분이 많다. 고급 아파트에 산다는 것은 스테이터스 심벌과 같은 것이기도 하다. 아담한 정원이 있는 단독 주택에서 충분히 살 수 있는 분들도 아파트에 살기를 좋아한다.

아파트의 장점에 대해서 나열하는 것을 들어보면 과연 편리한 점이 한두 가지가 아니다. 집을 비워도 도둑 걱정이 없다는 것, 교육 환경이 좋다는 것, 도우미가 없어도 된다는 것 등등은 아주 듣기 좋은 장

점이기도 하고 아파트에 사는 구실이 되기도 한다.

그 중에서도 교육 환경이 좋아서 아파트에 산다는 말을 들으면, 마치 맹자의 어머니 말씀을 듣는 것 같다.

맹모삼천지교孟母三遷之敎란 말은 교육에 대한 어머니의 열성을 나타내는 교훈이 들어있는 말이다. 어린 맹자가 주위 환경 때문에 나쁜 버릇을 배우자, 그 어머니는 이사를 세 번이나 했다는 뜻이 담겨 있다. 그러나 자주 아파트로 이사를 다니는 데는 또다른 이유가 있다고 한다. 소위 복모삼천福母三遷 또는 복부인 삼천의 경우는, 교육보다 치부의 목적이 더 크다고 한다. 이사를 할 때마다 평수가 더 큰 아파트로 옮기는 것이 원칙이고, 그 때마다 교육적 환경이 더 좋아지고, 프리미엄도 더 붙는다고 한다.

그 교육적 환경이란 것이 맹자의 경우처럼 학문적인 것인지, 부자들이 많은 동네에서 부자가 되게 하는 교육인지, 나는 잘 모른다.

어쨌든 아내는 아파트로 이사를 가자고 한다. 아내는 자녀 교육에 열심이고, 교육적 환경에 대해서 관심이 많은 것도 사실이다. 그러나 속마음은 프리미엄에 더 관심이 많은지도 모르겠다.

사실 나도 교육적 환경을 중요시하고, 프리미엄도 좋아한다(사실 돈 싫어하는 사람이 어디 있는가?). 그러나 나는 고층 아파트를 싫어한다. 돈이 싫어서가 아니라 그 심리학자의 실험 결과가 충격적이었기 때문이다.

그 심리학자는 실험실 안에 쥐들의 대도시와 시골을 만들어 행동 변화를 관찰했다. 그 실험 결과 중에서 중요한 것은 시골 쥐는 정상적인 모성애를 충분히 발휘했지만, 도시의 쥐는 과밀 현상에 대한 스트레스 때문에 모성애도 희박하고 비정상적인 행동을 나타낸다는 것이다.

이와 비슷한 현상은 외국의 초고층 아파트 단지에서 자살하는 사람의 비율이 높다는, 이러한 사례가 나온 이후부터는 초고층 아파트를 만들지 않는 방향으로 가고 있다는 것이다.

어린이들이 비자연적인 콘크리트 정글 속에서 메마르고 비정하게 자라는 것이 교육적인지 어떤지는 잘 모른다. 사람과 쥐가 어떻게 같을 수 있느냐고 반박한다면, 대답은 심리학자에게 미루는 수밖에 없다.

어쨌든 나는 아파트를 싫어한다. 한국인들이 아무리 아파트를 사랑해도, 바벨탑처럼 고층 아파트가 아무리 높이 올라가도, 아이들이 도시의 쥐처럼 자연스럽지 못한 심리 상태로 자란다고 해도 나와는 상관이 없다.

다만 내 자식은 시골 쥐에 가깝게 자라기를 바랄 뿐이다.

사미인곡과 동성연애

나는 아내에게 한국의 고전 문학 중에서, 몇 가지 읽어 볼 만한 것을 추천해 달라고 한 적이 있었다. 그때 알게 된 것이 송강 정철 선생의 '사미인곡'이었다. 물론 내 실력으로는 도저히 읽을 수 없었다. 옛날 글자古字로 되어 있었기 때문이다.

아내의 번역을 듣고 나는 실로 탄복했다. 이 조용한 아침의 나라, 은자의 나라, 동방의 예의 바른 나라에 이처럼 절절한 사랑의 노래가 있었다는 것이 믿기지 않을 정도였다. 헤어져 있는 애인을 그리며 부른 노래 중에 이처럼 애틋하고 열정적인 사모곡이 있을 수 있을까? 그야말로 '세시봉'이었다.

그러나 잠시 후 나는 실망하고 말았다. 이 작품은 사랑하는 연인 사이의 그리움을 노래한 것이 아니라, 신하가 임금님에 대한 그리움을 고백하며 하소연(?)하는 노래라는 풀이였다.

"그렇다면 여왕님과 신하 사이에 어떤 불륜 관계가 있었던 모양이

군?"

"농(아뇨.)"

"그렇다면, 그 헤어져 있는 신하가 여자였던가?"

"농, 임금님도 남자, 신하도 남자였어요."

"그렇다면 동성연애를 했단 말이오?"

"농, 이 시는 신하의 충성심을 상징적으로 표현한 거예요."

"충성심, 이 시에 충성심이 어디에 나와 있소? 숨겨진 여인이라도 있는지 누가 아오?"

"어쨌든 이 시는, 연애시로 읽으면 자기가 무식하다는 것을 폭로하는 것밖에 안 돼요."

"……?"

어쨌든 나는 무식을 폭로한 셈이지만, 아름다운 연애시로 느꼈다는 것 만은 고백해 두고 싶다.

한국의 고전 작품, 그 중에서 시가(옛시)에는 인간의 감정을 아주 자연스럽고도 아름답게 표현한 것이 많다. 그러나 그 대부분의 해설에는 충성심, 교훈, 풍자 등 심각한(?) 단서가 붙는 것이 너무나 많다.

시조나 가사는 물론 만해 한용운 선생의 작품조차 불교나 조국의 의미를 떠나서는 읽지 못하는 것 같다. 유교적인 이 은자의 나라에서는 인간의 감정을 표현하는 것을 금기시 했던 탓일까? 왜 작자의 생애나 역사적인 의미를 굳이 연관시키지 않고 작품 자체로만 감상하지 못하는 것일까?

나는 그 분들의 충성심을 탓할 마음은 조금도 없다. 오히려 유교적인 전통의 아름다움에 호감조차 느끼고 있는 사람이지만, 좀 더 현대적인 감각으로 바라보는 관점의 전환도 필요하지 않을까?

한 편의 독립된 시로서 존재 가치를 인정할 때, 오히려 누구에게나 친숙하게 읽혀질 것이 아닌가? 내가 한국의 고전 문학을 아는 척하거나 여러분에게 충고를 하려는 것은 아니다. 또 그럴 자격도 없다.

그러나 나는 단지 이 시를 지금에야 알았다는 것이 부끄러울 뿐이다. 한국을 제법 알고 있다고 자처하는 내가, 아직도 알지 못하는 주옥같은 명시들이 얼마나 많이 있을 것인가!

이 시를 가르쳐 준 아내에게 감사하며, 이 기회에 아내에 대한 '이 마음 이 사랑 견줄 데 노여 없다'는 것도 고백해 두는 바이다. 물론 아내는 왕이나 된 듯 아주 아주 기뻐하겠지.

바캉스 베이비

가을이 점점 깊어 가는데도 아내는 아직도 나에게 유감이 많다. 올해도 우리 식구는 바캉스를 제주도에만 다녀왔기 때문이다.

사실 나도 프랑스의 남쪽 바다로 가서 누드나 토플리스의 미인들 틈에서 느긋하게 보내고 싶었지만, 프랑스도 불경기여서 바캉스 비용을 줄여야 했다. 아내는 나보다 내 고향 프랑스의 남쪽 바다를 더 좋아하는 경향이 있고, 남편 속마음을 이해하는 데는 다소 인색한 경향이 있다.

바캉스는 아내뿐만 아니라, 한국의 남녀노소 누구나가 좋아하는 프랑스 말이며, 많이 알려진 낱말이다. 이에 대해서는 한국인뿐 아니라 유럽인들도 바캉스를 좋아한다는 면에서는 둘째가라면 서러워 할 것이다[vacance란 말은 단순명사일 때는 텅 빈 것, 공석이라는 뜻이고, 복수명사가 되면 휴가라는 뜻이 된다].

사실 유럽인은 바캉스를 즐기기 위하여 일 년 내내 일한다고 해도 과언이 아니다. 우리는 평시에 일하고 바캉스 철이 되면 느긋하게 한 달 쯤을 쉬고 즐긴다[사실 한국의 바캉스 중에서 가장 유럽적인 것은 방(房)캉스라고 해야 할 것이다].

이에 대해 지루해서 어떻게 그처럼 오래 쉴 수 있느냐고 한국인 친구는 묻는다.

한국인은 단기간에 승부를 내거나 실적을 올리는 것을 좋아하기 때문에 단 며칠이라도 바캉스를 다녀와야 실적으로 간주되는 것 같다. 그래서 좀 유명한 곳[아내가 좋아하는 제주도나 경포대를 포함해서]이면 언제나 만원사례이고, 바가지 요금 시비와 혼잡 속에서 피로만 잔뜩 얻어가지고 총총히 돌아온다. 그러나 이런 바캉스 족은 애교라도 있다.

내가 아는 어떤 사장님은 3년 동안이나 바캉스를 다녀오지 못했다고 한탄했다.

그는 일 때문에 갈 수 없었다는 것인데, 요새 아이들(부하 직원)은 회사일이 아무리 바빠도 바캉스는 다녀와야 하는 주의이기 때문에 자기는 더 갈 수 없었다는 것이다. 일을 위해 일한다는 것은 중·장년 이상의 한국인에게는 미덕에 속한다.

그러나 그들의 2세, 3세들은 아주 커다란 세대차를 보인다. 외면적으로는 유럽인을 흉내내려 하고, 즐기는 것이 미덕이라는 사고방식으로 흐르고 있는 것 같다.

유럽인은 일할 때 정신없이 일하고 쉴 때는 철저히 쉬거나 정신없이 논다고 했지만, 그 철저한 구분이 서로 다른 것을 강화해 준다고도 볼 수 있다. 그러나 한국인은 한 개인 안에서의 구별이나 양극화가 아니라, 집단적인 세대차에 의하여 구분되는 것이 아닌가 하는 생각이 든다.

어떤 세대는 일에만 집중하고, 어떤 세대는 놀이에만 열중하는 듯하기 때문이다.

그래서 싸늘한 바람이 불어오고 귀뚜라미 소리가 구성진 철이 되면 산부인과 의사가 바빠진다고 한다. 바캉스 베이비의 중절 수술이 성행하기 때문이다. 고도성장과 가치관의 퇴폐화는 비례하는 것일까?

한국의 젊은이들은 그들의 부모나 선배가 땀 흘려 이룩한 고도성장을 그냥 굴러들어온 천혜인 것처럼 생각하고 쾌락주의나 찰나주의로 먹칠을 하고 있는 것은 아닐까?

만일 이것이 사실이라면, 일만 하고 제대로 즐기지도 못한 세대가 세상을 떠난 후, 이 나라의 장래가 어떻게 될지 우려된다.

오늘의 한국인들은 일이 무엇이 사명감이란 무엇인지를 알아야 하고, 놀이란 무엇이며 생을 즐긴다는 것이 어떤 것인지를 생각해 깊이 보아야 할 시점이라고 생각한다.

자동차와 구두 코

우리 집 꼬마는 때때로 나, 아빠를 아주 형편없는 사람으로 생각하는 눈치를 보인다.

그것은 내가 못난 탓이라기보다는 TV의 영향도 일부 있고, 자동차 탓도 있을 것 같다.

TV를 보면 미남에다 운전 기술도 뛰어난 사람들이 멋진 차를 씽씽 잘도 모는가 하면, 주차장을 찾으려고 쓸데없이 길을 빙빙 도는 일도 없고, 좁은 공간에도 멋지게 차를 세우는가 하면, 남의 차와 부딪치거나 시비를 하는 일도 없다.

그런데 나는 그런 미련한 짓을 곧잘 하니까, 아들 녀석에게는 얼마나 한심하게 보이겠는가?

차도 멋진 차가 아닌데다 TV에 나오는 주인공처럼 멋지게 운전하는 법도 모르니, 나로서는 그저 TV가 원망스러울 뿐이다.

아이들은 TV에 나오는 것이면 무엇이건 사실로 믿는 경향이 있는

데, 중심가에서 주차하기가 얼마나 어려운 일인지, 때로는 서로 부딪칠 수도 있다는 것을 인정하지 못하는 듯하다.

더욱이 약간만 부딪쳐도 한국인들은 곧장 달려와서 죽일 듯한 기세를 보이기도 하니까, 꼬마로서는 하나뿐인 아빠가 무슨 변이나 당하지 않을까 전전긍긍하는지도 모를 일이다.

그런 살기등등한 기세로 차를 아끼고 사랑하기 때문에 한국인의 차는 언제 보아도 깨끗하고 심지어는 안방처럼 꾸며놓은 경우도 있다. 거기다가 휴지 상자도 거의 예외없이 비치되어 있는데, 그건 아마도 카섹스용인지도 모르겠다. 그렇다면 안방처럼 꾸민다고 해도 조금도 이상한 일이 아니다.

또 한 가지 한국인의 차는 범퍼가 깨끗하고 말짱하기로도 유명하다. 원래 범퍼라는 것은 서로 부딪칠 수도 있음을 예비한 완충 장치이다. 부딪쳐서 좀 찌그러져도 큰 변이 나는 것은 아니다. 그러나 어떤 차는 왁스까지 발라서 반들반들 윤이 나고, 잘 닦은 구두 코처럼 매끄럽기 그지없다.

자동차는 분명히 이동수단이고, 현대적인 의미에서 사람의 발이라고 할 수 있다. 자동차가 기능적으로 발이라면 차체는 구두에 해당되는데, 남의 구두를 밟아서 구두 코가 좀 벗겨졌다고 해서 구두 코 수선비을 받는 사람은 없어도, 범퍼는 조금만 다쳐도 어김없이 수리비를 받는다.

"어이쿠, 미안합니다!"

"뭘요."

하면서 웃어넘기는 아량은 차에 관한한 통용되지 않는다.

물론 구두 코는 구두닦이가 닦지만 자동차는 공장에 가야 하니까, 수리비가 다르다고 할지도 모른다. 그렇다면 범퍼에 고무는 왜 붙였는지 그것도 아리송하다. 고무신까지 덧신으로 신고 있으면서 조금만 밟아도 살기를 드러내는 이유는 무엇일까?

"그야 물론 재산 목록 1호니까."

하실 분도 계시겠지만, 아무리 1호라도 신발은 신발이다. 그런데도 화를 내고, 치고받고 싸우기도 하는 것을 보면, 너그럽고 참을성 많은 한국인들은 도대체 모두 어디로 증발했는지 모를 일이다.

그러니 우리 꼬마가 때때로 아빠가 무지무지하게 형편 없는 존재라고 생각한다 해도 어쩔 수 없고, TV에 나오는 인물들만 더 위대성을 발휘하고 인기를 누리게 되는 것이다.

화장 좀 합시다

나는 우리 꼬마의 나쁜 습관 때문에 자못 골치가 아프다.

집집마다 자녀들 문제로 골치를 썩이는 일이 한두 가지가 아니겠지만, 우리 꼬마는 아무리 구슬르고 을러대고 타일러도 호전될 기미가 보이지 않는다. 아무래도 신경정신과 의사나 카운슬러를 만나야 할 문제인지도 모르겠다.

이놈은 바캉스는 고사하고 간단한 야외 캠핑도 싫어하고, 심지어는 서울 대공원이다 무슨 공원이다 해서 다른 꼬마들은 못 가서 안달을 하는 곳도 좋아하지 않는다는데 문제가 있다.

벌써 애늙은이가 되어 초연하다거나 자폐증 환자처럼 호기심도 흥미도 없는 그런 상태도 아니다. 그러나 이놈 때문에 우리 가족 전원이 얼마나 고통을 받는지는 아무도 상상할 수 없을 것이다.

이놈이 공공의 장소에 가기를 싫어하는 이유는, 사실 알고보면 아무것도 아니다. 외모가 남과 달라서 이목을 끈다거나 복잡한 인파에

시달리는 것이 싫어서가 아니라, 단지 용변 볼 곳이 마땅치 않다는 것이다.

한 번은 가까운 교외까지 억지로 동행했다가, 이놈이 배탈이 나는 바람에 허겁지겁 집으로 돌아온 일도 있었다. 자기 집 화장실 밖에 믿지(?) 못하는 이 버릇은 정신 이상에 속할지도 모른다. 그러나 그 놈에게는 나름대로의 상처가 있다.

나는 상처라고 말하지만, 한국인이 보기에는 별 것도 아닌 것 가지고 괜히 호들갑을 떤다고 할지도 모른다. 이놈의 첫 상처는 옷에 오물이 묻은 것이 탈이었다.

어느 유원지에서의 일이었다.

볼일을 보는 곳에 데려가서 문을 열자, 파리 떼가[사르트르도 놀랄 정도로] 날아오르고 심한 암모니아 냄새에 더러운 휴지가 잔뜩 쌓여 있었던 것이다.

이를 본 녀석은 들어가지 않겠다고 떼를 썼다. 그러나 급한 걸 어떡하나? 간신히 밀어넣긴 했지만, 나와서 보니 바짓가랑이 끝에 향기롭지 못한 것이 묻어있었다.

여러분이 첫사랑을 잊지 못하듯이, 우리 꼬마가 처음 입은 마음의 상처를 잊지 못하는 것에 대해서는 너무 꾸짖지 말아 주시기 바란다. 그러나 굳이 여러분에게 말하고 싶은 것은, 우리 꼬마 이외의 더 많은 사람들이 상처를 입었을지도 모른다는 것, 관광 한국, 선진 한국을 외치며, 올림픽까지 성공적으로 개최한 이 나라에서 가장 심각하고 시급한 위생 시설을 너무도 대수롭지 않게 생각한다는 것이 안타깝기 때문이다.

'뒷간 갈 때 다르고 올 때 다르다.'는 이 나라의 속담은 역시 뒷간을 가보면 실감하게 되는데, 나 혼자라는 생각, 남이야 어떻든 나만 좋으면 된다는 생각, 공중도덕이란 것이 뭐 말라비틀어진 개뼈다귀냐 하는 생각이 문제다.

길거리에서 침을 뱉거나 담배꽁초를 버리다가 적발되면(!) 벌금을 내는 나라, 그래서 길거리는 비교적 깨끗한 나라, 그러나 '화장'하는 곳(?)에 들어가면 괴상한 향수 냄새가 진동하고 불결하기만 한 나라, 그런 나라가 세계 속의 한국을 외치며 진군하는 모습을 보면서 나는 감탄과 선망과 공포를 동시에 느낀다.

유치하고 야하게 화장을 한 매춘부가 외면당하듯 겉치장만 요란하고 속이 깨끗지 못한 나라라고 외면당한다면 문화 국민의 긍지가 말씀이 아니다.

여러분, 제발 우리 꼬마도 화장을 할 수 있게 도와주세요.

나중에 전해 들은 이야기인데, 지금은 선진국보다 더 메이크업이 잘 되어 있다는 소식에 안도한다.

남편은 남편, 부인은 부인

간혹 외국에 나가 장기 체류를 하다보면 거래처의 사장님이라든가 관계자라든가, 개인적으로 친하게 지내는 사람이 몇 명 정도는 생기기 마련이다. 이런 일을 어느 나라에 부임하더라도 같을 것이다.

한국의 경우도 예외는 아니지만 유럽 여러 나라에서의 경우와 다른 점은 그 개인적인 친밀도가 가족 단위로까지 발전되지는 않는다는 점이다. 더구나 일과 후나 주말 같은 때에 서로의 가정을 처자와 함께 방문한다는 것은 아예 생각할 수도 없다.

그런 의미에서 한국의 여권신장론자들에게는 좋은 표적일테지만, 아직은 허용되고 있는 것이다. 결혼을 하면 모든 일이 부부 단위로 이루어지는 구미의 관습과 비교하면, 이러한 한국의 남성 중심 사회는 역시 이상하다는 느낌이 든다.

나는 다행히도 아내가 한국인이기 때문에 괜찮지만, 본국에서 처자를 데리고 온 사람들은 크든 작든 간에 불만에 가득찬 가족들을 볼 수밖에 없다.

외인 기자 클럽 모임이나 파티는 그러한 욕구불만을 가진 가족 집단을 위한 불만 해소의 장이라고 해도 좋을 정도이다.

한국 사람들은 왜 이토록 자택의 공개, 가족의 소개를 싫어하는지 외국인들 사이에서는 언제나 논쟁거리가 되지만, 결론이라고 할 만한 판단이 내려지지 않는다.

그래서 외국인은 외국인끼리 왕래한다. 본국에 있을 때와는 달리 교제 범위가 한정되어 있기 때문에 3개월 정도면 한 바퀴는 돈다.

한국의 기업가들은 언제나 우리들을 고급 요정이나 호텔 파티에 초대하여 산해진미를 맛보게 하거나, 사람에 따라서는 한남동이나 영동 쪽의 굉장한 살롱으로 데려 가 준다. 그렇지만, 어찌됐든 그것은 남성들의 세계다.

어디를 가도 부인들은 본 적이 없다. 그래도 한국 가정의 부인들이 왜 이혼소송 제기를 안 하시는지?

요즘 외국 여행을 하는 부인들은 유명 상표의 물건이나 귀중품을 많이 사들인다고 한다. 어떤 신문 기사에 의하면 외국 상점들에게서는 한국 부인들이 굉장히 인기가 있는 손님이라고 한다. 한국 내에 들어와 있는 유명 상표의 상품을 높은 가격으로 구입한 한국의 부인들은 그 값비싼 옷을 입고 어디를 다니며, 어디로 가지고 다니는지, 혹시 전부 옷장 속에 잠을 재우지나 않는지, 아니면 그저 부인들의 소유욕이나 욕구를 채워주기 위한 물건에 지나지나 않는지 궁금하다.

만일 한국의 기업가에게 미국이나 프랑스에서처럼 이혼 소송이 제기된다면 대부분 패소할 것이다. 일주일 동안에 가정에서 저녁 식사를 하는 경우가 일요일 저녁뿐이라는 증거가 제출되면, 미국에서는 분명히 이혼을 승낙할 것이다. 남편은 막대한 위자료를 빼앗기게 되며 매월 양육비를 부담해야 할 것이다. 물론 프랑스도 마찬가지다.

한국의 파워 엘리트들이 일주일에 한 번밖에 가정에서 저녁 식사를 할 수 없는 이유는 대개가 업무 때문이다.

이 나라에서 회사의 비용으로 식사 접대가 안 되는 사람은 엘리트 코스를 벗어났다고 해도 과언이 아니다.

파리나 뉴욕에서는 그럴듯한 지위에 있는 사람이라도 퇴근 시에는 가족들을 위하여 빵을 사가지고 귀가한다. 부인이나 아이들의 생일에는 꽃이나 장난감을 사고, 외출을 하지 않는 주말에는 친구들을 초대하거나 방문하거나 한다. 전부가 마음 맞는 친구들뿐이라고 이야기할 수는 없고, 어쩔 수 없이 초대하는 경우도 있다.

이런 생활을 우리들이 전적으로 동의하는 것은 결코 아니다. 때로는 귀찮게 여기는 경우도 있다. 남자들 끼리 모여서 여자들의 흉을 보고싶을 때도 있는 법이니까.

또한 회사에 별실을 가지고 있는 중역들의 방에서 부인이나 아이들의 사진이 들어있는 탁상용 액자를 본 적이 없다. 도대체 그 분이 처자식을 거느린 사람인지 아닌지를 모르겠다. 말하자면 가정의 그림자라고는 보이지 않는다는 것이다.

높으신 분들의 가정이 타인들에게 개방되는 것은 신년초의 3일 정도밖에 없고, 그 3일이 지나면 나머지 362일간은 굳게 닫혀져 있다. 유럽에서는 대부분의 사람들이 오후 5시만 되면 퇴근하여 가정의 일 이외에는 생각하지 않는다.

업무 시간이 끝난 이후에도 계속해서 사무적인 것을 생각하는 사람은 바보라고까지 취급한다.

하지만 한국 사람들은 그렇지가 않다. 잠을 잘 때 이외는 가정보다는 업무 쪽이 우선이다. 모두가 다 그렇기 때문에 가정 일에 신경을 쓰면 소심하거나 바보처럼 여겨진다.

결국, 우리들 서양 사람들이 처나 자식들에게 신경 쓸 동안에 한국 남자들은 계속 일을 하고 있는 것이다. 한국의 고도 성장의 비밀을 연구하는 구미의 경제학자들도 이 점 만은 모르고 있을 것이 틀림없으리라는 생각이 든다.

생각해 보건데 미국이나 프랑스의 근로자들이 가정의 서비스에 소비하는 에너지는 상당하다. 만약 그 에너지를 업무 쪽으로 돌린다면 프랑스도 한 단계 위의 경제대국이 될 것이다.

한국인들은, 결혼을 해도 하지 않았을 때와 마찬가지로 가정에 신경 쓸 일이 없기 때문에 걱정없이 업무에만 몰두할 수 있는 것이며, 안방마님은 부군들의 바깥 일과는 상관없이 TV와 함께 시간을 보낸다든가 육아에 전념하는 것이 가능하다.

이런 가정 생활이란 구미에서는 상상도 할 수 없는 형태이다. 어떤 의미에서는 남편은 남편, 부인은 부인이라는 분업이 아주 명확하게 분담되어 있다고 말할 수 있다. 어쩌면 한국의 이러한 부부 형태는 봉건적, 전근대적인 것이 아니라, 오히려 초근대적인 것 근대 자본주의에 없어서는 안 될 요소인지도 모른다.

개척 시대의 여성 존중이 여성 상위로 발전하여 오늘에 이른 아메리칸 시스템이야말로 근대 자본주의의 적인지도 모르겠다. 미국의 각 도시에서 매일 저녁 무수히 열리는 파티, 그 파티에 참가하는 것을 특권 계급인양 생각하는 미국의 유력 인사들에게는 달러가 내려가건 유로화가 올라가건 상관 없는 것 같은 기분이 든다.

그렇기 때문에 한국의 경제 성장은 이제까지와 마찬가지로 자택의 쇄국주의와 남편은 남편, 부인은 부인의 생활을 지켜나가는 한 안정이 유지될 것이다.

암탉이 울어야

'암탉이 울어야 집안이 잘 된다'는 글의 제목을 어디선가 본 적이 있다.

그때 나는 미처 내용을 읽지 못했기 때문에 무슨 뜻인지 알 수 없었다. 단지 '집안이 잘 된다'는 말에 솔깃해서, 우리도 암탉을 하나 구하자고 아내에게 말한 기억이 있다.

하지만 그 때 아내의 그 표정을 나는 지금도 잊지 못한다. 놀랍고 서럽고 원망스러운 표정에 분노감마저 나타나 있었다. 나는 어리둥절할 수밖에 없었다. 좋은 일을 하자는데 왜 화를 내는 것일까?

물론 내가 오해한 탓이었지만, 암탉이 여자를 뜻하고, 특히 여자 중에서도 아내를 뜻한다는 설명을 듣고는 나도 그만 실소하고 말았다. 이래저래 암탉이 말썽이었다.

유럽에서는 아직도 여성의 지위나 여성의 활동에 대해서는 보수적이다. 더욱이 경제적인 문제를 아내에게 맡긴다든지, 무슨 일이 생기면 아내의 탓으로 돌린다든지 하는 일은 없다. 월급 봉투를 통째로 아내에게 맡기는 한국인들과는 근본적으로 다르기 때문이다.

언제부터 한국 남성들이 월급을 아내에게 맡기고 초등학생이 어머니에게 용돈을 타듯 피동적으로 살게 되었는지는 모른다. 이러한 모계 사회화가 진행됨에 따라 대학 교수라는 사람도 '암탉이 울어야 집안이 잘 된다'는 식으로 재빨리 시대에 영합하는 발언을 하고, 그래서 더욱 더 많은 암탉들이 활개를 치며 울어대는지도 모르겠다.

최근의 모 종교인의 외화 밀반출 미수 사건도 책임은 부인에게 있는 듯하고(?), 또 어떤 권력형 부정 축재자의 재산도 부인의 것이 더 많은 듯하고(?), 내가 아는 어떤 관리의 부인은 초등학교 교사이면서도 남편보다 재산이 더 많은 듯하다.

바른말 잘 하기로 유명한 언론인 한 분은 한국형 부정부패의 원인 중에서 적어도 70 퍼센트는 암탉들 때문이라고 개탄했다. 어떤 통계에서 나온 숫자인지 나는 모른다. 그러나 아내를 앞세우고, 아내의 치마폭 뒤에 숨어서 온갖 잡스러운 일을 하고, 그러면서도 엄한 표정을 짓는 책임 회피형 미숙아들이 저지른 작금의 작태에 대한 신랄한 비판이 될지도 모르겠다.

그 분은 계속해서 말했다. 그러나 지금보다 앞으로가 더 문제라는 것이었다.

어머니의 치맛바람이 학교를 오염시킨다는 사실은 어린 학생들도 너무나 잘 알고 있는 점이라고 했다.

책에서보다 부모나 스승들의 역할 행동에서 배운 것이 더 많이 인생을 좌우한다고 볼 때, 이 나라 젊은이들이 보고 느낀 암탉과 황금 만능주의와의 관계가 얼마나 깊고 심각한 것인지 가늠이 안된다.

그러나 이런 '암탉 문화'가 한국을 대단한 경제 성장국으로 만들었는지도 모를 일이고, 그런 면에서 '암탉이 울어야……' 한다는 대학 교수의 이론(?)도 계속 타당한 것으로 남을지도 모르겠다.

다만 내가 바라는 것은 남자다운 남자, 명예와 책임감과 사명감을 가진 남자가 몇 명이라도 남아서 내 술친구가 없어지는 일은 없었으면 하는 것이다.

'암탉이 잘 울면 집안이 잘 된다'란 속담은 극히 최근에 생긴 것이고, 그 원전은 사실 '암탉이 울면 집안이 망한다'임을 요즘 알았기 때문에 아직은 희망이 있구나 하며 가슴을 쓸어보기도 하지만.

결혼 피로연에서

또 결혼 시즌이 다가왔다. 한국에서 오래 살다보면 나 같은 외국인에게도 한국인 친구들의 결혼식에 초대 받는 일이 적지 않다.

어떤 경우에는 신랑 신부나 부모를 식장에서 첫 대면하는 경우도 있다. 한국에서는 이것이 조금도 이상한 일이 아닌 모양이다. 유럽인들의 상식으로는 일면식도 없는 신랑 신부의 결혼식에 양친의 친구라고 무턱대고 참석하는 것은 이상한 일이다.

동양에서는 길일(좋은 날)이라고 하여 인연이나 궁합이 맞는 날이 있다고 한다. 물론 요사이는 토요일이나 일요일, 심지어는 밤에도 식을 진행하여 손님이 많이 참석할 수 있도록 배려하고 있지만, 길일이건 주말이건 결혼 시즌만 되면 발이 넓은 사람은 그야말로 동분서주해야 한다.

그 뿐만이 아니라 결혼식과는 별도로 피로연이라는 것을 갖는 경우가 많다. 물론 간단히 점심 정도를 대접을 하는 경우가 많지만, 부를 과시하는 듯한 성대한 만찬도 있다.

교회에서의 예식에 참석한 후, 그 자리에서 간단한 파티를 하는(생략하는 경우도 많다) 유럽 방식이라면 모르겠으나 호텔이나 큰 레스토랑을 빌려 피로연을 갖는다는 자체가 도무지 이해가 안 된다.

내가 아는 어떤 재벌 자제는 피로연을 일류 호텔의 볼룸에서 열었는데, 그 호화찬란함이란 한 나라의 국왕이나 국가 원수 급의 만찬회에 필적할 규모였다.

풀코스의 메뉴는, 그 피로연을 위해 특별히 준비한 것이었다. 오트볼을 비롯하여 수프, 스테이크, 샐러드, 샤베트, 아이스크림, 과일, 커피의 순서로 계속 나왔다.

피로연에 나오는 요리의 맛을 음미한다는 것은 무리이다. 대량 생산된 음식에 무슨 정성이 깃들어 있겠는가? 그래서 나는 밤의 피로연에 참석하는 날이면, 미리 점심부터 굶고 무슨 요리가 나와도 맛있게 먹을 수 있도록 준비 태세를 갖춘다.

한국 속담에 '잔칫날 잘 먹으려고 사흘 굶는다?'는 말이 있기는 하지만, 나는 원래 식도락가이기 때문에 하는 행동이니 양해 바란다. 그리고 귀가 후에는 강력한 소화제를 먹기로 작정하고 있다.

왜냐 하면, 양(洋)의 동서를 막론한 각종 술에다 넘치게 푸짐한 식사 대접 때문에 위가 꽉 차버리기 때문이다.

한국인은 또 얼마나 권하기를 좋아하는가? '많이 드십시오, 더 드십시오.'하는 말은 조금도 벗어난 예의가 아니다.

내가 아는 프랑스 신부 한 분의 체험은 우리를 슬프게 한다.

그 신부님이 처음 한국에 부임했을 때의 일이다. 교우의 초대로 그 집에서 식사를 하게 되었다. 밥상에는 한국의 별미인 인절미가 수북이 쌓여 있었고, 주인이 어찌나 권하는 지 그것을 다 잡수셨다. 그 후에 어찌 되었겠는가. 여러분도 찹쌀 떡의 위력을 아실 것이다. 결국 신부님은 졸도하기에 이르렀다.

한국인들은 참 이상한 성미를 가졌다. 밥상에 올려놓은 것이면 무엇이든 다 먹어 주어야 좋아한다. 남기면 대접이 소홀하지 않았나 하여 섭섭해 하는 경향도 있다. 가난한 집의 아이들이 손님이 남긴 것을 먹으려고 호시탐탐 노리고 있는 줄을 모르는 바 아니지만, 주인은 역시 예의지국의 양반이다.

서양식 호텔의 피로연에서도 비슷한 양상이 벌어진다.

상은 푸짐해야 맛이 나므로 충분한 양의 음식이 준비된다. 위가 큰 사람에겐 행복한 날이지만, 노인이나 여성이나 위가 작은 사람은 아무리 먹어도 남기 마련이다. 호텔 측에서는 많이 파는 것이 목적이므로 손님의 위가 크건 작건 상관할 바 없는 입장이다.

어떤 식당(특히 호남지방의 모식당)에서는 반찬의 가짓수가 너무 많아서 접시 위에 또 접시를 포개놓을 정도이다. 그러고도 장사가 된다니 참 이상하다.

밥상에 남긴 음식물을 모두 버린다면, 어떻게 농산물의 자급자족을 바랄 수 있을까? 그러고도 대단한 경제 성장을 이룩한 것을 보면 경이롭기 그지없다.

그러나 그것만으로는 놀랄 일도 아니다. 또다른 고역이 있다. 양가 대표 인사며, 친우 대표나 내빈의 축사까지 계속될 때도 있다. 축가도 있어야 한다. 현악 삼중주가 은은히 흐르는 가운데 들려오는 성악의 맛은 그런대로 괜찮다. 문제는 역시 연설이다.

나는 이럴 때마다 한국말을 몰랐던 시절이 행복했다고 생각한다. 연설이 계속되는 중에도 말을 알아듣지 못하므로 고국의 산천을 그려본다든지, 파리의 어느 레스토랑에서 좋은 요리를 먹던 추억에 잠기며 혼자 즐길 수도 있었던 것이다.

그러나 말을 알아듣게 되고나서부터 점점 괴로워지기 시작했다. 피로연의 연설은 왜 그처럼 판에 박은 듯한가?

……그러다가…… 파티장이 군데군데 자리가 비며 피로연이 끝이 날 때쯤 어떤 부인이 훌쩍훌쩍 울기 시작한다. 연설에 감동했던가? 술에 취해서였던가? 이 좋은 날에 울다니 이상하지 않은가? 그 부인은 다름 아닌 신부의 어머니였던 것이다.

만일 프랑스에서 이런 피로연을 벌였다면, 신랑 신부는 물론 그 일가는 영원히 경멸받을 것이라고 생각된다. 물론 관습의 차이라고는 하지만, 이런 진풍경은 유럽에서는 볼 수 없는 광경이기 때문이다.

바바리 코트

봄비가 촉촉이 내리고 있다. 그러나 겨울의 여운이 서성거리고 있는 지, 쌀쌀한 바람이 부는 날씨다. 아내는 '버버리 코트'(한국인들은 일본식으로 바바리 코트라고 부른다)를 입고 나가라고 말한다.

한국인들은 바바리 코트를 좋아한다. 비나 눈이 오는 날은 물론, 좀 쌀쌀해도, 바람이 약간 불어도, 보슬비가 조금만 내려도 바바리 코트를 입고 싶어한다.

구실이 없어서 입지 못하는 것이 안타까울 지경인 것 같다.

형사 콜롬보처럼 후줄근한 것이 아니라, 영국 신사처럼 산뜻하게 차려입으면 영국 신사처럼 느껴지는 모양이다.

얼마 전 공항에서 목격한 일이 생각난다. 10여 명이 넘는 한국인들이 한결같이 바바리 코트를 무슨 제복처럼 입고 공항 출구를 나오고 있었다. 약간 바람이 불긴 했지만 상쾌한 날씨였다.

바람이라도 불지 않았더라면 그들은 얼마나 섭섭했을까? 아니다.

바람이 불지 않았다 해도 그들은 늠름하게 코트를 입고 나왔을 것이다. 그것은 멋의 상징이며 VIP의 상징이기도 한 때문이다.

한국의 신사들이 바바리 코트 회사의 선전원처럼 행세한다 해도, 또는 전 국민이 제복처럼 입고 다닌다 해도 내가 탓할 일은 아니다.

지난 가을 밍크 코트(한국의 부인들은 또 이것을 얼마나 좋아하는가!)를 손질하며, 어서 빨리 겨울이 왔으면 하고 중얼거리던 아내의 모습이 떠올라 나는 그녀를 너그럽게 봐 주기로 했다. 멋을 내고 싶은 심정을 내가 왜 모르겠는가? 강아지도 멋진 옷을 입히면 기분 좋아한다는데…….

바바리 코트란 원래, 토머스 버버리란 영국의 농부가 피부에 공기가 통하면서도 빗물이나 눈에 젖지 않도록 촘촘하게 짠 것인데, 이것을 에드워드 6세가 시종에게

'내 버버리 코트를 가져오게.' 하고 말하는 습관 때문에 이름이 되어버렸다고 한다.

바바리 코트란 안개와 습기와 우산의 나라 영국에나 적합한 것이지, 한국처럼 상쾌한 기후를 자랑하는 나라에는 오히려 부적합하다고 해야 할 것이다.

그러나 영국 신사의 멋을 좋아하는 한국인들이 바바리 코트를 좋아하는 것을 보면, 우산을 지팡이처럼 들고 다니는 한국 신사가 나올지도 모르겠다.

우산과 지팡이를 들고 다니건 시베리아 지방의 털외투를 입고 다니건, 제 멋에 겨워 흥을 내는 것을 누가 탓할 수 있겠는가? 단지 남이

하니까, 나도 한다는 사고방식에 문제가 있는 것이 아닐까?

한 사람이 영국제 바바리 코트를 입으면 너도 나도 입고, 한 사람이 일제 밥통이 좋다고 하면 너도 나도 사는 한국인들, 개성이 무엇인지도 모르고, 실용적 가치는 아예 따져보지도 않고 비싼 값을 지불하는 한국인들, 머리 속이 그런 빈 밥통같은 사람들이 문제가 아닐까?

이 글을 쓰고 보니 내가 실수를 한 것 같다. 바바리 코트의 한국 지사를 해 볼까 하는 내 친구에게 방해가 될지도 모르기 때문이다.

그러나 한국인은 이 글 하나쯤으로 코트 안 입기 운동을 벌일 정도로 마음 약한 민족이 아니다. 그런 사실을 알기 때문에 약간은 안심이 된다. 밥통 뚜껑처럼 튼튼한 배짱을 갖고 있는 한국인이 얼마나 많은가 말이다.

꿈나무의 꿈

얼마 전부터 우리 아이에게 이상한 버릇이 생겼다. 가만히 있던 아이가 갑자기 뭔가를 던지는 흉내를 내거나 방망이로 후려치는 자세를 취하는 것이었다.

잠시 몸을 푸는 행동치고는 좀 과격한 데가 있다 싶었지만, 특별한 욕구 불만이 없는 한 발육기에 있는 어린이에게는 당연한 일인양 생각했다. 그러나 그런 행동을 자주 하기에 무슨 일이라도 있었느냐고 아내에게 물어보았다. 아내는 그것도 모르느냐는 투로 핀잔을 주었다.

나처럼 둔한 작자가 어떻게 알 수 있겠는가! 그것은 바로 야구 선수 흉내를 내고 있었던 것이다. 투수가 되었다가 타자도 되었다가, 생각이 날 때마다 연습을 하고 있었다. 더욱이 놀라운 것은, 장래 희망까지 바뀌어져 있었다는 점이다. 위대한 학자가 되겠다던 아이가 갑자기 야구 선수가 되기로 했다는 것이다.

나는 그 애가 학자가 되든 야구 선수가 되든, 별로 간섭 할 생각은 없다. 자기가 하고 싶은 일을 멋지게 해내기만 하면 그것으로 좋은 것이다.

세계 제일의 강도가 되겠다든지, 최대의 사기꾼이 되겠다고 하지 않는 한, 내가 어찌 그 애의 희망을 막을 수 있겠는가.

그러나 유감인 것은, 그 애의 아비 어미가 운동에 별로 소질이 없다는 것과, 혹 프랑스에 돌아가서 야구 선수가 된다 해도 야구는 별로 인기가 없다는 점이다. 유럽인은 대개 축구를 좋아하니까 굳이 운동선수가 될 바에는 축구를 택해 주었으면 하는 마음이지만, 그거야 어디 아비 마음대로 되는 일인가. 그러나 미리 포기할 필요는 없다. 슈퍼리그가 점점 인기를 얻게 되고, 우리 아이도 축구 선수가 되기로 희망을 바꿀지도 모르기 때문이다.

나는 아이의 행동을 이제부터라도 예의 주시할 생각이다. 언젠가 발로 걷어차는 흉내를 내거나 헤딩 연습을 하는 날이 오지 말라는 법도 없으니까.

한국은 확실히 스포츠 열이 대단하다. 텔레비전을 켜면 항상 스포츠 중계가 계속되고 있다. 모르는 사람이 보면, 한국에는 스포츠 방송국 밖에 없다고 생각할지도 모른다.

어떤 때는 외국 선수 끼리의 경기를 공영 방송이건 민영 방송이건 동시에 위성으로 중계해 주기도 한다. 모든 시청자는 무차별적으로 그 경기를 보아야 한다고 주장하는 것처럼 보인다. 한국은 외국에 부채가 많다고 하는데, 이런 경우를 보면 새빨간 거짓말인 것 같다.

학교에서는 이러한 스포츠 열에 호응해서 유능한 선수를 양성해서 학교의 명예를 높이기도 한다. 유능한 선수 양성에 너무 열심인 나머지 공부보다 운동에 너무 치우쳐서, 어떤 학생은 자기 담임 선생님의 이름은 고사하고 얼굴도 모르는 경우도 있다고 한다.

내가 '꿈나무'라는 말을 처음 들었을 때, 나는 아주 시적이고 멋있는 말이라고 생각했다. 꿈을 먹고 자라는 나무…… 정말 멋진 말이었다.

그러나 내 친구는 자기 아이가 꿈나무로 선발되어서 몹시 불쾌하다는 것이었다. 공부보다는 올림픽 출전에 대비한 운동 위주의 교육을 받아야 한다는 것이다. 소질있는 유망 청소년을 미리 발굴하는 것은 좋은 일이다. 그러나 담임 선생님 얼굴도 모르는 학생이 금메달을 땄다고 해서 그 이후의 인생도 과연 금메달일까?.

'꿈나무'라는 말은 좋은 말이다. 그러나 그 꿈이 누구를 위한 것인가가 문제인 것이다.

2

봄처녀가 춤추네

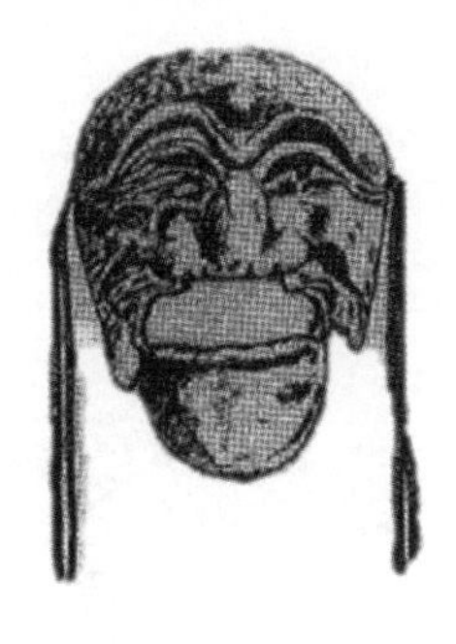

사랑가

영화 엠마뉴엘의 벌거벗기 열풍이 세계를 휩쓸며 포르노 붐을 한창 일으키고 있을 때에도, 한국은 의연하게 동방예의지국의 면모를 과시하고 있었다.

유교적인 전통이 강한 한국에서는 성을 드러내놓고 보여주거나 이야기하는 것을 금기시하고 있음을 단적으로 보여주는 좋은 예일 것이다.

그러나 서양인들이 보기에는 한국인들은 엉큼하고, 솔직하지 못하고, 눈 감고 아웅하는 것이 너무도 많은 민족이다.

한국에는 덕담으로 하는 말이 있다. 남이 잘 되기를 비는 말로서 '잘 해 보게'는 '아무쪼록 성공하게.'라는 뜻도 있고, 다른 한편으로는 외설스런 성 이야기를 가리킬 때도 있다. 상스럽다고 생각하는 성 이야기를 덕담이라고 미화해서 말하는 것도 양반답지만, 그런 덕담을 모은 『고금소총』이라는 책을 숨어서 읽으며 킬킬거렸을 양반의 모습을 상상하면 씁쓰레한 웃음이 나온다.

그리고 온 국민이 사랑해 마지않는 성춘향과 이몽룡의 이야기에도 진한 포르노가 있다는 사실을 알면, 아마도 성춘향의 인기가 떨어져서 팬이 반으로 줄어들지도 모른다.

'열녀춘향수절가'에 보면, 춘향과 몽룡이 처음 만난 밤의 장면이 사랑 노래로 묘사되고 있는데, 노래로 부르는 첫 구절을 '네 양각 사이 수룡궁에 나의 심줄 방망이로 길을 내자꾸나.'로 시작해서, 16살의 소년 소녀가 벌거벗고 온갖 애무를 하고, 업음질에다 말놀음을 하면서, 다시 '타고 노자, 타고 노자'로 끝나는 노래를 부른다.

그리하여 온갖 장난을 세월 가는 줄 모르게 하고는 석별의 정을 나누었던 것이다. 한국의 로미오와 줄리엣은 처음 만난 날 밤에 운우(구름과 비)의 정을 나누었는데, 신통한 것은 그처럼 어른스러운 성교육을 어디서 받았으며, 피임법은 어떻게 알았느냐는 것이다(성춘향이 임신을 우려한 흔적은 아무 데도 없다).

그런 면에서 이 소년 소녀는 아주 천재적인 상상력과 창의력을 갖고 있었거나 본능적인 직감이 뛰어났다고 볼 수 밖에 없다.

요즘의 청소년들은 옛날의 이몽룡이나 성춘향보다 머리가 나쁘기 때문에(?) 비디오 테이프에 담긴 포르노를 성전으로 모신다고 하는데, 한국의 선조들은 그 방면에 있어서는 오늘날의 젊은이들보다 훨씬 우수했는지도 모르겠다.

얼마 전 성교육 전문가가 너무 노골적인 표현을 했다고 해서 1년간 방송 출연 정지 처분을 받았는가 하면, 모대학의 교수는 학교로부터 추방을 당하는 수난을 겪기도 했다.

외설적인 포르노 필름은 판을 쳐도 괜찮고, 청소년에게 성지식을 알려주려던 어떤 전문가는 제재를 받았다.

매춘업이 법적으로는 엄연히 금지되어 있지만 도처에 매춘부가 있고, 포르노가 금지되어 있지만 엄연히 살아있고, 『소녀경』이라는 성에 관한 책이 학생들의 추천 도서 목록에 들어있는 나라이니까, 아마도 국민 성교육을 위해 묵인하거나 눈감고 아웅할 것이다.

그렇다면, 성교육을 위해서 노심초사하는 그 분들을 위해서 나도 일조를 하고 싶다. 이제부터는 섹스와 관련된 용어는 순수한 한국어를 사용할 것을 권하고 싶다.

옥문에 거웃이 없는 것을 '밴대'라 하고, 동성애 중에도 여자는 밴대질, 남자는 '비역[남색]'이라고 불러야 할 것이고, 갓걸이, 요분질, 용두질이라는 말도 있다는 것을 알려드리고 싶다. 그러면 '펠라티오'는 무엇이라고 해야 할까? 나는 아직 불민하여 들어보지 못했지만, 입질이란 말도 괜찮다고 생각하는 바이다.

얌전한 고양이 부뚜막에 먼저 올라간다는 말이 있다. 그렇다면 양반의 나라, 은자의 나라, 동방예의지국도 이제는 좀 더 솔직해져야 하지 않을까?

봄처녀

어느 주간지에 '복부인을 잡자'는 글이 나간 후, 술꾼 친구로부터 전화가 걸려 왔다. 복부인은 매도하면서도 젊은 여성에게는 너무 약한 경향이 있는 것 같다는 말과 함께 아주 멋진 곳을 안내해 주겠다고 초청을 하는 것이었다.

멋진 곳이라고 해봐야 술꾼에게는 술집 밖에 더 있겠는가? 나는 자못 기대가 컸다. 그는 자타가 공인하는 식도락에다 주도락가였다.

그러나 막상 도착해 보니 실망이었다. 호스티스들이 너무 어린데다가 술도 제대로 따르지 못할 정도로 손을 부들부들 떨고 있었기 때문이다.

소위 '아따라시이' 또는 '영계(햇병아리)'라고 부르는 신참들이었다. 말하자면 영계백숙 감으로 선택된 햇병아리들인 셈이다.

이제 시간이 지나면 가마솥을 거쳐 나온 영계백숙처럼 세련되고 맛있는 놈으로 변신해 갈 것이다. 화장도 하게 될 것이고, 진한 농담도 받아 넘기게 될 것이다. 이제 돈 맛도 알게 될 것이고, 돈을 벌려면 어떻게 해야 하는지도 배우게 될 것이다. 수치심도 엷어지고, 하나의 직업인이란 의식도 갖게 될 것이다. 돈을 벌면서 인생을 즐기기에는 아주 괜찮은 직업이라고 생각하게 될 것이다.

그리고 어느 날, 위장병을 얻게 되거나 술배로 볼품없이 돼버린 몸매를 비춰보면서 담배 연기를 내뿜게 될지도 모른다. 조금 더 시간이 지나면 '아, 꿈 많고 아름답던 시절이 나에게도 있었는데……' 하고 눈물을 머금을지도 모른다.

아니다. 멋진 남편을 만나 현모양처가 될지도 모른다. 직장 생활을 하면서 큰 돈을 모은 요조숙녀로 변신해 갈지도 모른다. 예쁘고 얌전하고 알뜰한 신부감이 되어 마담뚜에게 거액을 지불하고 유망한 청년과 만나게 될지도 모른다.

과거란 것이 뭐 말라 비틀어진 개뼈다귀란 말이냐, 돈이면 제일이지, 돈을 벌어야지…… 하며 동서남북을 누비는 복부인이 될지도 모른다. 고급 외제 승용차를 굴리면서 버스나 택시에 탄 사람들을 보며 코웃음을 칠지도 모른다…….

아니다. 여자란 남자만 잘 만나면 얼마든지 팔자가 피는 것이니, 대가집 마나님이나 사모님이 될지 누가 알겠는가?

"이놈들아, 뭐 먹을 게 있다고 이런 데까지 굴러들어 왔어?"

나는 깜짝 놀랐다. 잠시 생각에 잠겨 있던 중에 나를 초청한 그가 냅다 고함을 지른 것이다. 나도 놀랐지만, 아가씨들은 더 놀란 표정이었고, 이윽고 한 아가씨가 훌쩍훌쩍 울기 시작했다. 나는 어리둥절했다. 나를 초청해 놓고 자기가 고함을 지르다니 이상하지 않은가? 주인 마담이 달려왔고, 결국 병아리들을 퇴장시켰다.

그 분의 초대에는 이유가 있었다. 내가 지난번에 쓴 글에서 복부인은 나쁘고, 젊은 여성들이 몸을 밑천으로 돈을 버는 것은 애교라도 있다고 한 말에 유감이 있었기 때문이다.

해마다 봄이면, 여고를 졸업한 처녀들이 취직을 한답시고 대량으로 술집에 등장한다는 것이다.

물론 개중에는 가정 형편이 어려운 사람도 있지만, 단순히 돈을 벌고 즐기기 위해서 술집이나 유흥가로 나오는 경우가 적지 않다는 것이다. 심지어는 여자 대학생이나 여고생까지도 아르바이트란 명목으로 등장하는데, 자신의 명예나 양심을 가볍게 생각하는 이 풍조가 어째서 애교있는 일이냐는 반박이었다.

그러니 그가 이 나라의 장래와 이 풍진 세상에 대해서 걱정을 하고 있는 것만은 틀림없는 사실이다. 여고생이나 여대생을 찾아다니는 어른들도 문제지만, 가볍게 자기자신을 던져버리는 이런 처녀들이 과연 어떤 아내, 어떤 어머니가 될런지가 걱정이라는 절박한 상황을 탓하고 있었다.

봄처녀가 춤추네

사람의 겉모양이 천차만별인 것만 해도 신통한데, 피부 색이나 털 모양까지 다르니 조물주의 오묘한 뜻을 헤아릴 길이 없을 정도다.

우스개 소리로 태초에 사람을 흙으로 빚어서 구울 때 흑인은 너무 많이 구웠고, 백인은 설구웠기 때문이고, 그 중에서 황색인은 가장 이상적으로 구운 것이라고 하는데, 이런 이야기는 황색인이 만들어냈을 가능성이 다분하다.

황인종이 보면 황색인이 이상적일 테지만, 흑인이 보면 흑인이 이상적으로 보일 것이기 때문이다. 그런데도 황인종이건 흑인종이건, 백색 피부를 가진 사람을 닮으려 하는 이유는 알다가도 모를 일이다.

분칠을 하건 코를 높이건 머리를 볶건 그것은 본인의 자유지만, 자기네 모습이 이상적이라고 주장하고픈 심리와 백인을 닮으려고 하는 심리가 갈등을 일으키고 있는 것을 보니 입맛이 쓰다.

머리를 볶는 것에서 한술 더 떠서 이제는 서양식으로 염색까지 하는 사람도 있다. 그러나 그 사람의 진짜 머리카락 색깔을 알아맞히는 방법이 있으니 어쩌랴. 가발이야 가짜니까 벗으면 그만이지만, 염색을 아무리 그럴듯하게 해도 본래의 색깔을 알아맞히는 방법이 있다.

통계를 보면 프랑스 남자가 좋아하는 머리 색깔은 1위가 블론드, 2위가 브라운, 3위가 밤색, 4위가 검정색, 5위가 빨간색이라고 한다. 한국인의 검은 머리는 서양에서는 별로 인기가 없다는 것이 이로써 밝혀진 셈인데, 그래서 어떤 여인들은 서양식으로 염색을 하는지도 모르겠다.

나는 실로 우연히, 그리고 생각지도 않게 진짜 감별법을 알게 되었는데, 알고보면 별것 아니지만, 그 때는 절로 탄성이 터져나오고 말았음을 고백하는 바이다.

술집마다 특색이 있고, 특기가 있다고도 할 수 있는데, 신고식이나 스트립 쇼란 것을 보게 되면 팬티 속에는 엄연히 본래의 색깔이 도사리고 있었던 것이다. 따라서 한국 여인들이 염색을 할 때는 팬티 속 부분도 함께 하시도록 권하고 싶다. 닮으려면 가능한 한 철저히 닮아야 할 것이 아닌가?

그러나 철저히 닮으려고, 아니 오히려 더 능가하려고 노력하는 사람도 있다는 것을 알고, 나는 한편으론 감탄하면서도 실망하고 말았다. 지난 번 여고를 갓 졸업한 햇병아리들이 호스티스랍시고 나와 있던 술집에서 나는 또 한 번 놀랐던 것이다.

술이 거나해 질 무렵, 새로 온 스트리퍼를 보지 않겠느냐는 제의에 모두가 박수를 치며 환영을 했는데(감히 누가 마다하겠는가?)…… 아니, 저건 그날 울며 쫓겨간 그 아가씨가 아닌가?

머리는 염색을 하고, 짙은 화장에 얇은 쇼용 의상을 걸치고 나타났지만, 그 사람은 분명, 그 햇병아리였다. 나와 함께 간 도사 선생님(?)도 야구공에 맞은 듯한 표정을 짓고 멍하니 앉아 있었다. 배반당한 심정이야 당해 보지 않은 사람은 모르는 법.

그러나 사실 누가 누굴 배반했느냐가 문제다. 기성세대는 후배들에게 맑고 곧게 살아가라고 외치면서도 스스로 타락의 현장을 만들고, 젊은 세대들은 '꼰대들아, 그만 좀 웃겨. 돈 좀 벌고 재미 좀 보면 어때!' 하고 외친다.

마이클 잭슨의 음악에 맞추어 묘령의 아가씨가 팬티 속의 새카만 부분을 내놓은 채 배꼽춤을 추는 것을 보면서, '제기랄, 이 나라의 장래가 저 허리 근처에 달려 있는데…….' 하며 그는 공연히 안경알을 닦기 시작했다.

남녀 7세 부동석

은근 슬쩍 여자의 히프를 만졌다고 해서 치한으로 몰릴 염려가 없는 곳이 있다면, 당신은 지금 그 곳으로 달려가시겠는가?

적어도 대도시에서 생활하고 있다면 그럴 필요가 없다. 한창 붐비는 러시아워에 버스나 전철을 타거나 엘리베이터를 타면 적당한 기회를 얻을 수 있을 테니까?

서양인들은 악수도 잘 하고, 껴안기도 잘 하고, 키스도 잘 하지만, 생면부지의 여자에게 아무런 동의도 얻지 않고 만진다거나 껴안듯이 붙어섰다가는 경찰서 행이기 십상이다. 그러나 만일 한국에서 그런 사람들을 모두 고발한다면, 매일 몇 백 명이 죄인이 될지도 모른다.

서울은 만원이란 말이 있지만, 차 안에서 노하거나 당황하는 사람은 거의 없다. 러시아워의 실상을 운명처럼 받아들여야 한다고 체념하고 사는지도 모르겠다. 그러므로 가려워서 긁는다는 것이 남의 다리였다고 해서 누구를 탓할 수도 없는 일이 아닌가.

나 역시도 한국에서의 습관이 어느덧 만성이 되어 비좁은 엘리베이터에도 서슴없이 뛰어든다. 이러한 습관은 외국에 갔을 때 흔히 말썽을 부린다.

런던의 호텔에서 있었던 일이다. 엘리베이터에 탈 사람이 많은 듯하기에 자리를 넓힐 겸 뒤로 한 걸음 물러섰다. 한국에서라면 아무 일도 없었을 것이다(한국은 관대하니까).

그러나 영국은 달랐다. 갑자기 뒤에서 여자의 날카로운 목소리가 칼날처럼 튀어나왔다.

"당신, 지금 나에게 기대는 거예욧!"

단지 등에 무언가 닿는 느낌이 들기는 했지만, 별로 개의치 않았다. 그러나 나는 등으로 그 여자의 유방을 누르고 있었던 것이다. 그녀가 고발했더라면, 나는 아마 치한으로 몰렸을 것이다.

아차, 나에게는 이미 너무나 한국적인 습관이 배어 있었던 것이다. 서양에서는 모르는 여성에게 닿아서는 안 되고, 어쩌다 닿았더라도 즉시 사과해야만 한다.

이런 면에서 보면 '남녀칠세 부동석'의 전통을 가진 한국보다도 서양 쪽이 훨씬 더 고루하다. 그러나 이 남녀칠세 부동석의 나라에서는, 어째서 이름도 성도 모르는 남녀가 꼭 붙어 있어도 괜찮은지 모르겠다.

그 중에는 남의 히프를 만지고, 때로는 더 심한 짓을 하는 사람도 있다는데, 남녀칠세 부동석의 사상 때문에 억압되어 온 성적 욕구를 발산할 기회로 삼는 것은 아닌지 모르겠다(물론 일부 치한에게만 해당되는 말이지만).

어쨌든 그런 치한이 있다고 해도 조금도 불평이 없는 것을 보면, 다분히 비선진국적이기는 하지만 도량이 넓은 사람이 많은 나라인 것만은 확실하다.

나의 두 번째 실수는 미국에서였다. 나는 엘리베이터의 문 앞에 서 있었기에 문이 열리자마자 재빠르게 내렸다. 한국에서는 모두가 바쁘고, 나도 바쁜 일상에 길들여져 가고 있는 중이었으니 당연한 일이었다.

그때 뒤에서 젊은 여성들이 주고받는 말소리가 들렸다.

"오늘은 맨 퍼스트의 날인가 보지?"

아차, 레이디 퍼스트를 또 잊어버렸다. 한국에서 레이디 퍼스트를 찾다가는 엘리베이터에서 아무도 못 내릴 것이다. 그러나 어쩌랴! 그곳은 미국이었으니…….

러시아워의 대중 교통기관(엘리베이터를 포함하여)의 혼잡이 아무리 심하다 해도, 나는 한국인에게서 질서와 인내와 겸양의 미덕을 발견한다. 아무리 불편해도 화를 내거나 불평하지 않고 참아낸다는 것은 관습적인 교육의 덕택이거나 체념 때문일 것이다.

때로는 체념도 미덕이다.

한국인은 러시아워의 살인적인 혼잡 속에서도 놀랄 정도로 유효하게 타고 내린다. 미안하다고 말하지 않아도, 또는 이동하려는 사람을 보지 않아도 서로가 감촉이나 느낌만으로 알아차리고 길을 열어주는 것이다.

이 예의바르고 인내심 많은 한국인들은 왜 그 시간에 몰려나와 혼잡을 이루는 것일까?

아마도 '정각 몇 시'까지 출근해야 한다는 규칙에, 타임 레코더나 출근부에 표시되지 않으면 출근이 인정되지 않는 엄격성 때문일 것이다.

밤 세워 일을 한 후 잠시 해장국을 먹고 온 사이에 결근으로 처리되어 버렸다고 불평하는 소리를 들은 적이 있다. 항의하면 기껏해야 지각으로 처리해 준다는 것이다. 일의 질이나 양보다 시간이 중요하다는 사고방식이다. 정각 몇 시에 출근했느냐가 문제인 것이다. 그러나 퇴근 시간이 좀 늦었다고 해서 문제가 되는 경우란 거의 없다.

따라서 겨우 시작한 주 5일 근무제도에 이어 시차제 출근제도나 능률 위주의 근무 방법은 생각해 볼 필요조차 없는 일이다.

그렇다면 이것은 인간 불신, 인간 기계론이 아닌가? 한국적 사고방식 속에서 인간적이라는 말을 빼면 핵심이 빠져버린 듯이 생각하면서도, 이 무슨 기계론적이며 물질 만능주의에서 벗어나지 못하고 있는 작태일까?

물론 어느 나라에나 러시아워는 있다. 그러나 코리안 타임이란 말이 있을 정도로 시간 관념이 희박한 한국인들이 출근시간 만은 왜 악착같이 지켜야 하는지 이유를 모르겠다. 나는 사장님들과 출근부를 관리하는 분들에게 감사하고 싶다.

출근 때나 점심 시간의 엘리베이터 안에서 은근 슬쩍 처녀의 히프를 만지며 어찌 고마움을 느끼지 않을 수 있겠는가?

오늘 아침 엘리베이터에서 나의 등과 허벅다리가 아주 호강을 했다. 자그마한 여사무원 두 명이 나의 앞뒤에 붙어 있었기 때문이다. 앞 사람의 히프와 뒷사람의 유방이 나를 호위하듯 감싸고 있었던 것이다. 오늘은 휘파람이 절로 나오는 날이다.

여대생 호스티스

그 호스티스는 자기가 대학생이라고 말했다. 학비를 벌기 위하여 아르바이트를 한다는 것이다. 이것저것 닥치는 대로 일을 해보았지만, 수입도 좋고 재미있고 편한 일자리로는 호스티스가 최고라는 것이었다.

남자가 하는 대로 몸을 맡기고, 술을 받아 마시고, 때때로 동침도 하고……. 그러다보니 현실적인 인생 공부도 된다고 덧붙여 말했다.

호스티스도 엄연히 하나의 직업이기 때문에 별로 부끄러울 것도 없고, 어쨌든 대학만 졸업하면 그만이라는 것이 그녀의 주장이다. 회사나 관공서의 여직원들이 '밤 일'을 하는 것이나 여대생이 아르바이트로 밤 일을 하는 것과 조금도 다를 것이 없다는 것이 그녀의 생각인 모양이다.

낮에는 회사에서 일을 하고 밤이면 술집에 나오는 여사무원들도 문제지만, 그래도 그네들은 학생이 아니다. 직업 전선에 나온 여성과

학생이 어떻게 같을 수 있는가?

한국은 세계적인 여자 대학이 있는 나라이고, 더욱이 여자 대학 졸업생이 많기로도 유명하다. 국가 경쟁력으로 볼 때 여성의 지적 수준이 높다는 것은 대단한 자원이라고 볼 수 있다. 굳이 싱가포르의 이광요 전 수상이 주장한 우생학적 견지를 따르지 않더라도, 똑똑한 여성이 많다는 것은 똑똑한 아이를 많이 낳을 수 있는 가능성의 기초가 된다.

따라서 국가의 장래를 위해서는 매우 고무적인 일이 아닐 수 없다.

그러나 남자나 여자나 굳이 대학을 나와야 똑똑해지는 것은 아니다. 지식은 늘어날지 모른다. 인간관계의 기술도 다소 향상될지 모른다. 그러나 대학 졸업을 인생의 통행증이나 행복의 보증서쯤으로 생각하는 사람이 있다면, 그것이야말로 문제다.

사실 한국에는 그렇게 생각하는 사람이 적지 않다고 걱정하는 소리를 들은 적이 있는데, 만일 그것이 사실이라면 실로 간단한 문제가 아니다.

특히, 여자 대학생들이 졸업장을 손에 넣기 위해서 어떤 수단과 방법이라도 불사하겠다고 생각한다면 고무적인 일이라기보다는 비관적인 일이 되지나 않을까 염려스럽다.

인생의 통행증, 행복의 보증서도 좋지만 도덕적 마비 현상이 후세에 어떤 영향을 미칠 것인지는 차치하고라도 목적을 위해서는 어떤 수단이든 다 용납된다는 사고방식이 문제가 될 것이다.

외국 소설에 이런 내용이 있었다. 여인 피살 사건의 범인을 잡고보니 고관대작의 부인이었다. 살인의 목적은 자신의 과거를 알고 있는 그 여인의 입을 막기 위한 것이었는데, 부인은 옛날에 양공주 생활을 한 이력을 갖고 있었다. 한 여인은 고관대작 부인이 되었지만, 옛날의 동료였던 다른 한 사람이 '사모님'의 과거를 폭로하겠다고 협박했던 것이다.

한국에서는 그런 불상사가 없을지도 모른다. 한국인의 너그러움이나 건망증은 대단한 수준에 있기 때문에 호스티스로 일을 했건, 몸을 팔았건 그다지 개의치 않을 것이기 때문이다.

얼마 전 약혼자에게 실망을 주기 싫어서 자살한 호스티스가 있었는데, 정신적인 면에서는 여대생 호스티스보다 훨씬 숭고하고 아름다운 여인이었는지도 모른다. 비록 대학 졸업장은 없었지만…….

울보 사모님

내가 아는 어떤 사장님 부부가 미국을 다녀왔다. 사업적인 용무도 있었지만 주된 목적은 아들을 만나보기 위해서였다. 미국에 유학 중인 아들의 근황도 알아보고, 박사 학위 획득을 독려할 목적이었다(한국인들은 박사를 좋아한다. 그래서 고명한 박사 중에는 엉터리 학위를 돈으로 산 사람도 있다고 한다.).

사장님은 자수성가한 분으로서 돈에 대하여 인색한 편이라, 넉넉하게 보내주지 않는다. 젊어서 고생은 사서도 해 보아야 한다는 아주 훌륭한 지론을 가지신 분이다. 그러나 사모님은 그 지론을 못마땅하게 생각하는 눈치였다.

"여자란 참 어쩔 수 없는 울보더군요. 아들을 만나자마자 울고, 아르바이트를 하며 고생을 한다고 울고, 비행기를 타서도 울고……. 아, 그러면서 나 모르게 준답시고 자기가 가진 돈을 아들 녀석에게 몽땅 줘 버린단 말이오. 내가 모를 리 있나요? 어차피 미국에서 쇼

핑으로 흐지부지 없어질 돈, 모르는 척 했지요."

나는 그분의 말이 정말로 아내를 흉보는 것인지, 자랑을 하는 것인지 분간할 수 없었다. 그렇다면 젊어서 고생을 해 보아야 한다는 지론은 적당히 지어낸 구실이었을까?

서양인들이 자기의 어린 자식이 넘어져도 일으켜 세우지 않는다고 한국인들은 핀잔을 준다. 너무 야박하고 인정머리가 없다고 한다. 어떤 백만장자가 자기의 아들이 아르바이트로 일하는 식당에서 방그레 웃으며 팁을 5센트 주었다는 이야기를 하면, 참 서양놈들은 형편없는 구두쇠라고 몰아세운다.

한국인들이 우리 서양인을 가리켜 인정머리 없고 지독한 구두쇠라고 해도 어쩔 수 없다. 어떤 면에서 그것은 사실이다. 그러나 그것은 우리의 서구 역사를 관통하고 있는 하나의 생활 철학이다. 내가 종종 한국인의 생활 철학을 비판할 자유가 있는 것처럼 한국인도 서양인을 비판할 자유가 있을 것이다.

그러나 이것은 자유의 문제가 아니다. 한국은 이미 극동의 작은 반도국이 아니라 세계 속의 한국이다.

이 험한 세상에서 살아남기 위해서는 서양을 바로 알고 서양보다 더 뛰어난 그 무엇을 가지지 않으면 안 된다. 독립심도 가져야 하고, 프론티어[개척] 정신도 가져야 하고, 합리적인 사고방식도 가져야 할 것이다.

그러나 사모님 여러분, 무슨 유행가 가사는 아니지만 '생각만 하면 무얼 하나' 실행을 해야지요.

양지 쪽의 어미 닭이 병아리를 깃털 속에 감싸안듯이 여러분의 치맛자락에 자식들을 감싸안고 굶을까, 넘어질까, 1등을 못할까, 웅변을 못할까, 피아노를 못 칠까 전전긍긍 하고 있는 일은 없을까요?

여러분의 치맛자락은 온실의 보온벽이나 동물원의 쇠창살과 무엇이 다를까요?

자식을 굳이 사자 새끼처럼 위험 속에 던져넣으며 기를 필요는 물론 없겠지요. 그러나 세계라는 야영장에서, 인생이라는 야생 공원에서, 살아남기 위해서는 눈물을 거두고 매질을 하시고, 태권도라도 가르쳐야 하지 않을까요? 이미 우는 아이 젖주던 시대는 지났으니까요.

방년 50세

내가 잘 아는 분 중에 방년 50세가 되는 분이 계시다. 왜 방년 50세냐? 그 분 스스로가 '방년'임을 주장하기 때문이다.

방년이나 '묘령'이란 말은 젊은 아가씨들의 '꽃다운 나이'를 뜻한다고 한다. 그러나 그 분은 엄연히 남자이면서도, 더욱이 나이가 50이나 되면서도 꽃다운 나이임을 주장한다. 마치 20세 전후의 아가씨나 되는 것처럼.

사실 20세 정도의 젊음과 윤기가 아직도 유지되고 있다면 얼마나 좋겠는가? 시들어가는 육체와 열정에 대한 아쉬움과 안간힘과 저항이 그 '방년' 속에 숨어 있다는 사실을 모르는 바 아니지만, 그 분의 생활 태도에서 방년의 냄새가 지나치게 풍겨서 보기에도 민망할 때가 있다는 것 또한 말하지 않을 수 없다.

나이란 것은 나이 값을 할 때에만 가치가 있는 것이고, 나이에 걸맞는 생활 태도를 견지할 때 비로소 빛이 나는 것이다. 나이 든 사람이 군이 방년을 주장하는 것이나, 젊은 애들이 애늙은이 노릇을 하는 것이나 꼴불견이기는 마찬가지다. 따라서 어른이 자기 분수를 지키지 못하고 쾌락과 방종을 일삼으면서 방년 흉내를 내는 것이나, 젊은 애들이 어른들에게만 허용된 일을 하면서 자기를 파멸시키는 행위를 일삼는 것이나, 모두 제 나이 값을 못하는 것임에는 틀림이 없다.

그런데 방년 20세의 젊은이들이 어제까지만 해도 어른 취급을 받다가, 이제부터 젊은 애들 취급을 받게 될 운명 앞에서 흔들리고 있다. 문제는 나이 스물이나 된 사람이 나이 값을 못한다는 데에 있다고 한다. 그렇다면 방년 50세의 어른이 애 같은 짓을 하고 다니는데 대해서는, 어떤 방법으로 묶어야 할 것인가? 나이 값을 못하는 것은 마찬가지가 아닌가?

정신 연령으로 보면 요즘 젊은이들은 어른 빰칠 정도로 조숙하고, 너무 영악해서 도무지 젊은이 다움이나 순진함이 없다고들 한다. '영악하다'는 말은 '일이나 이치를 따지는 데에 분명하고 열성이 대단하다'는 뜻이라고 한다. 바꾸어 말하면 얼마든지 어른이 될 수 있을 정도로 합리적이라는 뜻도 된다.

어른이냐, 아니냐 하는 판단 기준을 어디에다 두느냐가 문제지만, 요즘 젊은이들은 15~16세 정도까지만 미성년자로 보아도 될 정도로 성숙된 면도 지니고 있다.

성 춘향과 이 몽룡은 나이 16세에 운우의 정을 알고, 사랑에 대한 책임을 알고, 사회에 대한 책임도 알고 있었던 것을 감안하면, 요즘 젊은이들은 나이가 그 이하라도 충분히 어른 노릇을 할 수 있을지도 모른다. 이 나라 옛날 선조들 중에는 10대 초반에 신랑이 되어 당당히 어른 노릇을 한 예가 얼마든지 있다.

역할 연기란 말도 있지만, 어떤 역할을 맡게 되느냐, 어떤 책임을 져야 되느냐에 따라 태도가 달라지게 된다. 개구쟁이가 반장이 되면 갑자기 의젓해진다고 한다. 어른을 아이 취급하면 아이같은 일을 하기 마련이고, 멀쩡한 사람을 깡패 취급하면 주먹대장이 되어버린다.

개지랄[개성+지성+발랄]은 젊음의 특권이다. 너무 발랄해서 탈선하는 예가 있다고 해도 그것을 일률적으로 묶을 수는 없는 일이다.

차라리 그들에게도 긍지를 주고, 책임을 맡기고, 좋은 역할을 맡아 달라고 유도하는 것이 바람직하지 않을까?

이 사회를 병들게 하고 타락시키는 것은 방년 20세가 아니라, 무책임하고 파렴치한 방년 50세가 아닌지…….

이발관의 미학

한국에 온 친구들 중에서, 단순한 관광 여행만으로는 재미가 없다고 하는 심술꾼이 있으면, 나는 언제나 이유를 설명하지 않고 우선 이발관에 가 보라고 권한다.

이윽고 면도 자국도 선명한 친구가 나의 사무실로 돌아온다.

"어땠어?"

"야, 놀랬다!"

반응은 판에 박은 듯이 똑같다. 아마 한국 사람들은 무슨 일 때문이었는지 모를 것이다.

나도 처음 한국에 왔을 때는 놀랐던 기억이 난다. 처음에는 중심가에 있는 사무실 근처의 이발관에 가서 그 대단한 완전주의에 놀랐다. 그것은 다분히 그 점포만의 서비스라고 생각하고 다음 번에는 주택가의 이발관에 가 보았다. 결과는 마찬가지였다. 이발관에서 나올 때의 나의 모습은 한 오라기의 머리털도 흐트러짐이 없었다.

한국인의 경우에는 조금도 놀랄 일이 아니다. 오히려 당연한 일이겠지만, 우리들에게는 실로 경이로운 감격이었다. 그 멋진 가위질하며, 예술품을 다루듯 하는 아가씨의 면도 솜씨며, 귓속을 소제할 때의 달콤한 즐거움, 더욱이 섹시한 마사지(지압이나 안마라고는 하지만, 다분히 섹시한 애무에 가깝다?)하며…… 심지어 발까지 씻겨주는 곳도 있다. 그 어느 것을 보아도 서구의 이발 기술로는 도저히 따를 수 없는 최상의 서비스다.

서양의 이발관에 가 본 적이 있는 사람이라면 아시겠지만 가위질이건 면도건 그쪽의 이발사는 오히려 난폭하다고 해야 할 정도이다. 시간도 30분 정도 밖에 걸리지 않는다.

한국의 고급 이발관에서 마사지나 잠자는 시간까지 포함하여 적어도 2시간에서 3시간은 걸린다.

더욱이 마지막 손길은 정교하기까지 하여 단 한 오라기의 허술함도 허용치 않는다. 마치 예술품을 감정하듯 손님의 모발을 점검한다. 심지어 코털까지 다듬어 준다.

확실히 한국인을 포함한 동양인은 손재주가 뛰어나다. 전에는 홍콩의 이발관이나 양복점의 솜씨가 세계적으로 유명했다고 한다. 그러나 한국 이발관의 서비스는 도저히 손재주가 뛰어나다는 것만으로는 설명이 되지 않는다. 자본주의 세계에서 아무리 완전주의를 추구해 간다 해도 결국은 한국 이발관의 서비스와 마주치게 될 것이다.

서울의 중심가에 있는 이발관의 설비는 세계 최고의 수준이다. 무엇보다도 청결하고 능률적이다. 서구의 이발관에서는 볼 수 없는 능률 추구와 서비스 정신이 결합되어 있다.

한편 손님 쪽을 보자. 이발관을 한 발짝이라도 벗어나면 종종 걸음을 치는 사람이 회사 근무 시간 중이라도 여유만만하게 느긋한 휴식을 즐긴다(대부분 잠들어 있지만).

한국 남자의 헤어스타일은 거의 비슷하다. 가지런히 가리마를 타고 기름까지 바르는 경우가 많다. 서양인이 볼 때 동양인은 모두 똑같이 보인다고 한다. 헤어스타일만 본다면 정말로 구별하기 어려울 정도이다. 한때는 젊은이의 장발이 한국에서도 유행했었는데, 물론 당시에는 그것대로 문제가 있었다.

어느 날 옆자리에서 암모니아 냄새가 나기에 물어보았더니, 어떤 젊은이가 '파마'를 하고 있기 때문이라고 했다. 미국 동부의 흑인들이 흔히 하고 있는 머리 모양을 서울 거리에서도 종종 보게 되었다.

그러나 그것은 짧고 곱슬곱슬한 머리털을 펴서 늘여보려는 흑인들의 욕망에서 생겨난 스타일이다. 본래 그런 흑인 같은 고수머리가 적은 한국인이 흑인의 흉내를 낸다는 것은 정말 웃기는 이야기이다.

어쨌든 한국인이 머리를 가꾸는 데에 쏟는 정열은 참으로 대단하다. 냄새 지독한 암모니아 액을 바르는 젊은이는 머릿 속의 내용보다도 겉모양을 더 소중하게 생각하는지도 모른다.

서양에서는 너무 지나치게 깔끔한 헤어스타일을 한 청년은 자칫하면 '요주의' 인물로 취급된다. 즉 건달이나 제비족(?)으로 보일 수도 있기 때문이다. 그러나 그러한 서구식 기준으로 한국의 남성을 본다면 모두가 그런 인간으로 취급되고 말 것이다. 그런 기묘한 획일성이 이 나라에는 있다.

대체로 서양에서는 이발관에 가지 않고 집에서 손수 머리를 깎는 남자가 적지 않다. 이발관에 간다 해도 샴푸 서비스는 부자나 받는 일이지 보통 사람은 하지않는다. 따라서 집에 돌아와서 샤워를 하든가, 머리를 감는 것이 당연한 일로 되어 있다.

단지 헤어 커트만 했을 경우에도, 커트해 준 이발사는 물론 계산 담당에게도 팁을 주지 않으면 안 된다. 한국의 경우는 그 거창한 작업을 하고도 팁을 받지 않는 곳도 있다. 물론 서비스가 너무 황공하여 팁을 듬뿍 주는 사람도 적지 않지만.

한국 전체가 합리화를 지향해 가야 할 이 때에, 이러한 예술적이기까지 한 이발관이 존재한다는 것은 분명 놀라운 일이다. 그러나 나는 이러한 이발관이 절대로 사라지지 않기를 염원한다.

이발사라고 하는 예술가가 만든 머리 모양은 그 자체가 하나의 예술품이기 때문이다. 나는 한국인을 완전주의자라고 했지만, 나의 친구도 전적으로 수긍하는 것 같았다.

한국인에게는 이발관이 단순히 머리를 깎는 장소가 아니라 휴식의 공간이기도 하다. 따라서 회사 근무 시간 중에 몇 시간 정도 가까운 이발관에 가는 것도 생산성 향상을 위해 유용할 것이다. 때때로 직원과 사장이 마주쳐 서로가 당황하고 쑥스러워하는 경우를 제외한다면…….

나는 한국의 보통 샐러리 맨의 뒤통수를 바라볼 때면 잘 손질된 잔디밭을 연상하게 된다.

적어도 한국에 있는 동안만이라도 대머리가 되지 않도록 노력해서 예술가의 손길을 계속해서 받고 싶은 것이 나의 작은 소망이다.

섹스 산업

섹스 산업의 본거지는 뭐니뭐니 해도 유럽이다. 물론 섹스를 돈벌이랍시고 시작한 것도 유럽이고, 그것을 부끄러운 줄 모르고 즐기는 것도 유럽인들이다.

최근 한국에서는 향락산업이라는 말이 주먹만 한 글자로 신문을 압도하고 있는데 한결같이 향락산업을 죽일 놈 취급을 하고 있다.

이 조용한 아침의 나라가 조용하기는커녕 온통 섹스 이야기로 시끌시끌한 나라가 되어버렸다. 하루 아침에 모두가 도덕군자로 변하여 근엄한 표정을 지으며 쾌락을 매도하고 있다. 그러면서도 신문마다 방송마다 그 향락의 현장을 보여주고 있는데, 이제까지 향락산업이 무엇인지 모르는 사람들에게 좋은 교육 자료가 되리라 생각한다.

어느 나라나 근대화라는 명목으로 정신없이 달리다가 문득 뒤를 돌아보면, 속바지나 속옷이 저만큼 뒤에 흘러 있는 것을 발견하고는 깜짝 놀란다. 황급히 아랫도리를 내려다보면 치부가 그대로 노출되어 있는 것이다.

한국은 아직도 점잖게 향락산업이라는 말을 쓰고 있지만, 이 시기가 지나면 오히려 섹스산업이 정착될지도 모르겠다. 어떤 병은 한 번 앓기만 해도 면역이 되지 않는가?

향락산업 시비는 오히려 음성적으로 만연하던 쾌락주의를 정당하게 노출시키는 계기가 될지도 모른다. 페스트처럼 번지고 있는 이 쾌락주의의 물결을 어떻게 삽이나 가래로 막을 것인가?

이미 벗겨진 속옷이 너무도 멀리 떨어져 있다. 다시 주워 입기엔 너무 늦어버린 지점에 있다. 어떤 사람은 도덕의 재무장을 외치고, 어떤 사람은 법적으로 강한 제재를 가하면 된다고 하겠지만, 물질적인 번영만을 향하여 돌진하던 모든 나라가 사춘기의 열병처럼 겪어야 하는 과도기적 현상이다.

그러나 문제는 왜 이제 와서 이런 말썽이 불거졌느냐 하는 점이다. 나도 이 책에서 퇴폐 업소의 부도덕성이나 물질주의가 가져온 정신적 황폐화 현상을 수차에 걸쳐 지적한 바 있지만, 왜 곪기 전에 예방하지 못했는가? 이미 곪았다면 왜 초기에 치료하지 않았는가?

향락산업이 사회 문제로 대두한 것도 어느 아파트 단지의 주부들이 데모를 했기 때문이라고 한다. 데모를 하기 전에는 언론이나 기타 관계자들은 몰랐던 일일까? 아니면 오히려 그들이 그 향락산업의 단골이었기 때문에 발설할 수 없었던 것일까?

'허가해 줄 때는 언제고 단속할 때는 언제냐?'는 업주들의 주장에도 일리는 있다. 그들이 설사 부도덕한 방법으로 돈을 벌고 있다 해도, 또는 돈을 벌기 위해서는 어떤 짓이라도 불사하는 사람들이라 해도, 그들만 일방적으로 매도할 수는 없다.

세상에는 날강도도 있고 파렴치범도 있다. 문제는 그런 반사회적 인물이 설치지 못하게 미리 계도해야 하는 것이 사회적 엘리트의 사명이라고 볼 때 곪아터지고 나서야 왁자지껄한 이 나라 지식인들의 작태가 한심스럽기 그지없다.

원숭이에게 수음을 가르치면, 자나 깨나 그 짓만 하려고 한다고 한다.

철학 없는 물질주의가 가는 길이 오직 쾌락주의 밖에 더 있겠는가? 물론 쾌락주의라고 해서 무조건 욕할 수는 없다. 그러나 어떤 철학자가 말한 것처럼 쾌락을 절제하는 것이 보다 더 큰 쾌락임을 알아야 할 것이고, 물질적인 것 이외에도 쾌락은 얼마든지 있다는 것도 알아야 한다.

고도성장이라는 고속도로를 질주하는 사이에 얼마나 많은 귀중한 것들을 못 보고 지나쳐 버렸는가를 한국인들은 이제라도 곰곰이 생각해 봐야 할 것이다.

에! 좋네, 군밤이여

이 세상에는 잡놈과 잡년이 너무 많아서 걱정이라고 개탄하는 언론계의 중진 한 분을 알고 있는데, 그 분은 예리한 필봉으로도 유명하지만, 촌철살인(한 치의 쇠붙이로도 살인한다는 뜻으로 간단한 글로 남을 감동시키거나 남의 약점을 찌를 수 있다는 비유의 말)의 언변으로도 타의 추종을 불허한다. 그 분을 만나면, 웬만한 성인군자가 아니고는 대부분 '잡'자가 붙어버린다.

높은 자리에 앉아 있는 것을 기화로 몹쓸 짓을 하는 사람은 물론이고, 시정잡배들도 원칙에 어긋나는 일을 하면 가차없이 잡+♂, 아니면 ♀으로 몰아붙인다. 그 분의 설명을 들으면 이 나라의 전통적인 선비 정신도, 고고한 기상도 사라지고, 썩은 놈들만 판을 치고 있다는 것이다.

유럽인이 미국인을 탐탁지 않게 생각하는 이유는 유구한 역사를 통하여 여과된 정신이 결여되어 있다고 믿기 때문이다. 역사적 전통이라는 것은 하루 아침에 이루어지는 것이 아니다. 면면히 이어져 온 인간의 지혜가 축적되고 시행착오를 통하여 합리적인 생활 철학으로 성숙되어 가는 길이다.

한국처럼 유구한 역사와 문화를 가진 나라에서, 어째서 썩은 놈들이 판을 치게 되었을까?

최근에 언론을 통해 소개된 중국 본토에 사는 한국인들의 모습을 보면, 한국의 전통을 지키고, 민속을 즐기며, 교육열도 높아 풍족하게 살아가고 있다고 한다.

한국인은 원래 우수한 민족이고, 높은 문화 수준을 지닌 도덕적으로도 매우 건전한 민족이었음은 자타가 공인하는 바이다.

그러나 지나친 상향 의식이 과도한 교육열로 나타나고, 비정한 출세주의를 낳고, 그 때문에 자기 분수를 모르고 무리를 한다는 데에 문제가 있다. 거기다가 물질주의까지 합세하여 황금의 바벨탑(구약성서에서 보면, 하늘에 닿을 수 있는 높은 탑을 쌓기 시작했는데, 하나님의 저주로 서로 말이 통하지 않게 되어 중단됨)을 쌓으려고 안달이다.

한국이 급속도로 근대화와 고도성장을 이룩하면서 얻은 부산물로서 전통적인 가치관의 붕괴와 잡♂과 잡♀의 양산을 부추겼다고 한다면 언어도단일까?

도덕적 불감증은 법을 어기는 것쯤은 우습게 생각하고 법망에 적발되면 자기만 재수없게 걸렸다는 식으로 턱없는 원망이나 하는 해프닝을 연출하게 한다.

이런 현상은 젊은이들에게까지 감염되어 청소년 범죄가 나날이 늘어가고, 어른들은 자기들이 뿌린 씨앗이 흉기를 들고 날뛰는 꼴을 두려운 눈으로 바라보고 있다.

청소년 폭력이 마치 TV의 잘못이기나 한 듯 매도한다. TV의 폭력물 방영을 줄인다고 하는 발상도 근본적인 문제 해결책이 아니라, 지엽 말단적인 임시변통에 지나지 않음은 말할 필요도 없다.

우선 사회가 깨끗해져야 하고, 잡♂ 잡♀이라고 지칭되는 사람이 발붙일 곳이 없어질 때 건전한 상식이 통하고, 노력과 성실성이 인정받을 때, 비로소 찰나주의, 황금 만능주의, 한탕주의가 사라질 것이다.

그런 건전한 사회가 될 때, 그 언론인의 독설도 사라질 것이고 '나는 잡♂, 너는 잡♀, 잡♂, 잡♀이 어홍! 얼싸 잘 놀아난다.'고 하는 그 분의 애창곡 '변형 군밤타령'도 사라질 것이다.

음악적 민족

한국인은 다분히 음악적인 민족이다. 세계적인 명연주가를 많이 배출하기도 했지만, 또한 미래에 세계의 악단을 리드할 어린 후보자들을 많이 보유하고 있기 때문이다. 사실 중류 이상의 가정치고 피아노를 비롯한 클래식 악기를 갖지 않은 집이 몇이나 될 것인가?

여기에 통기타까지 합치면 엄청난 숫자가 될 것이다.

일반 서민들의 꿈은 적어도 피아노나 바이올린 하나쯤 갖는 것이 아닐까? 누구나 집안에 유명한 음악가를 한 사람쯤 배출하고 싶어하지 않을까?

거기다가 술자리나 모임에 동반되는 노래자랑(?)을 보면, 음악적인 민족임을 더욱 실감하게 된다. 내가 아는 분들 중에는 나처럼 형편없는 음치는 별로 없는 것 같다. 그러니 그들의 2세들은 대단한 성악가가 될 소질을 다분히 갖고 있을 터인데도 어찌된 영문인지 기악에 쏟는 열정이 더 대단하다(대부분은 피아노이지만).

명연주가가 되려면 피나는 노력이 필요하다. 음악 역사상 불후의 명연주가들은 밤을 낮삼아 연습에 연습을 거듭하여 대가가 되었다고 한다. 그야말로 피나는 노력이었을 것이다.

그러나 한국의 일부 부모들은 피나는 노력 대신에, 정말 손가락에 피가 나게 한다는 말을 듣고 나는 아연했다. 방학이나 휴가철이 되면 종합 병원에는 손가락 사이를 찢는 수술이 심심찮게 이루어진다고 한다. 손가락이 너무 짧거나 잘 움직이지 않는 학생들이 정형외과에서 치료를 받는다는 것이다. 재능과 마찬가지로 손가락의 길이도 선천적으로 타고나는 것이다.

그러나 타고난 운명을 거스르고 수술을 해서라도 명연주가로 만들겠다는 그 집념과 열정에 나는 탄복한다. 그들의 피아노에 대한 열정은 교양이나 취미를 위한 것이 아니라, 상을 받아 주위 사람에게 과시하고픈 욕망의 발로가 아닐까? 이런 손가락 불구(?)인 피아니스트가 얼마나 대성할 수 있을지 궁금하다.

얼마 전 어느 회사의 중역 한 분이 개탄하는 소리를 들었다. 그 분의 딸이 음악 경연 대회에 출전하여 2등으로 뽑혔는데, 시상식 전날 찬조금 얼마를 내면 1등을 주겠노라고 주최측에서 전화를 했더라는 것이다.

물론 그 분은 정중히 거절하여 딸은 2등에 머물고 말았는데, 세상에 이럴 수가 있느냐고 흥분이 대단했다.

음악도 좋고 피아노도 좋지만 돈을 주고 1등을 사는 부모나(만일 있다면?), 돈으로 산 1등인 것도 모르고 자기의 재능을 과신한 가짜

1등 아이의 장래는 어떻게 될까? 부모의 열등감이나 허영심 때문에 아이들이 희생되어서는 안 된다.

그러나 지금에 와서 피아노 과외 교육을 그만두기도 곤란할 것이다. 다년간 경비를 들여 대가로의 꿈을 키워온 마당에 도중에 단념한다는 것은 재능이 없다는 것을 스스로가 고백하는데 불과하며, 혹시 아직도 깊이 잠들어 있을지도 모르는 천분을 미리 포기하는 일이 될지도 모르지 않는가?

이렇듯 아이의 손가락 사이를 찢는 극성스런 부모와 돈으로 상장을 사고 파는 음악열을 보면, 장차 세계의 명연주가는 오직 한국인만으로 채워질지도 모를 일이다.

벌거벗은 명창

청사아안리 벽기에수우야

수이이 가아암으을 자라아앙 마아라

일도오오 창해하아이며언

다시이이 오기이이 어려어워어라아

명워어얼이 만공산 하니

쉬이어 가아안드을……

내가 처음 이 유명한 황진이의 시조를 창으로 들은 것은 어느 온천장의 공중 목욕탕에서였다. 한국인 친구를 따라 수증기가 자욱한 욕탕에 들어서다 나는 흠칫 놀랐다.

큰 욕조에는 물이 철철 넘쳐 흐르고 그 속에는 수박 같은 것이 떠 있었다. 눈이 어둠에 점차 익숙해짐에 따라 그 수박덩이가 사람의 머리임을 분간할 수 있었다.

그러나 그때 더 놀란 것은 어떤 사내가 벌거벗은 채 큰 대자로 누워 있는 모습이다('大'자야말로 양팔 양다리를 벌리고 누워 있는 사람 모습과 너무도 흡사하다. 단지 가운데 한 가지가 보이지 않는 것을 보면 여자 욕탕에나 진짜 큰 大자가 있겠지?).

그 사내는 물바가지를 베개삼아 별로 시원치도 않은 물건(작은 고추가 맵다든가?)을 그대로 드러내놓은 채 유유자적하게 누워서 이상한 소리를 지르기 시작했다.

뒤에 알게 된 바이지만 '나물먹고 물마시고 팔을 베고 누웠으니, 대장부 살림살이 이만하면 족하지 않겠는가!' 하는 '장자'의 바로 그대로의 모습이었다. 지금 생각하면 나물을 먹었는지 물을 마셨는지는 모르겠고, 팔을 베지 않은 것이 좀 유감이었다.

"청산리 좋아 하시네."

옆에서 빈정거리는 소리가 들렸다.

"지가 무슨 벽계수라구……."

다른 사람이 또 한 마디 거들었다.

"독립군가인 모양이지요?"

나는 청산리 전투라는 말을 들은 기억이 있어서 자못 유식한 체 물어보았다. 친구는 빙그레 웃었다.

"황진이라는 유명한 기생이 지은 시조라는 노래이지요. 시조를 노래할 때는 고유의 창법이 있는데, 그것을 창이라고 하지요."

나는 독립군을 모독한 것 같아서 약간 쑥스러워졌다.

"벽계수란 황진이가 사랑했던 남자 이름인데, 의인화한 내용이지요."

무슨 내용인지 아리송했지만 뜻은 대충 알 것 같았다. 아하, 그래서 '지가 무슨 벽계수'라고 했던 것이로구나. 나는 뜨거운 물 속에 앉아서 벌거벗은 명창의 창을 감상했다.

내가 한국의 고전 음악과 처음 접했던 순간은 실로 기연이라고 할 정도로 묘한 것이었지만, 지금의 나는 동양의 고전음악을 매우 사랑하는 사람이 되었다. 나만이 아니라 외국인의 한국 노래 경연 대회에 나오는 사람들을 보면, 실로 감탄할 정도로 명창이 많은 것도 사실이다. 나는 음치에 가까울 정도로 소질이 없기 때문에 실기에는 별로 자신이 없다.

내가 기껏 음정을 잡고 한 곡조 뽑아본다는 것이

"셩상니이 삐오끼에 수우야……."

이 정도 밖에 되지 않으니 도무지 운치가 없다. 그러나 감상하는 데는 일가견을 갖고 있다.

한국의 고전 음악은 물론 동양의 민속 음악이 주는 그 멜랑꼴리나 원시에의 깊은 향수 같은 것은, 우리 서양인에게는 신비스러움마저 느끼게 한다.

내가 한국인 아내와 결혼하고, 한국에 살게 된 이유 중의 하나도 서양에는 없는 동양적인 멋 때문에 매혹된 것이 아닌가 하는 느낌을 갖는 때도 있다.

그런데 한 가지 이상한 것은 한국의 방송이다. 한국의 방송에서는 한국의 고전 음악을 듣기가 매우 어렵다. 동서양의 유행가가 대부분이고 한국 가요를 제외하면 미국의 음악 프로와 무엇이 다를까 하는 의문을 갖게 된다.

미국의 빌보드 차트를 비롯한 유명 가수의 근황이 수시로 보도된다. 그러나 좀 유감인 것은, 우리 프랑스를 비롯한 유럽의 가수들은 거의 전멸한 것이 아닐까 하는 생각이 들 정도로 들을 기회가 적다는 것이다. 샹송이나 칸초네라는 말은 한국의 방송에서는 그저 구색을 갖추는 데만 필요한 요소일까?

그까짓거야 한국인에게 별로 중요한 일이 아니겠지만, 한국의 고전음악이나 고전 무용은 명절 때나 무슨 중요한 행사나 외국 사절을 위해서만 연주되는 행사용 음악 같다.

방송에 가야금 산조나 양산 회상곡은 되풀이 되어서는 안 되고, 베토벤의 곡만 되풀이해야 된다는 법은 없을 것이다.

한국의 음악 프로그램은 방송국의 고명한 프로듀서가 만드는 것이 아니라 엽서가 만드는 것이 많은 것 같다. 시청자들의 열기가 인기음악을 만들고 인기 음악은 자꾸 방송된다. 시청자가 내용을 좌우하는 것이다. 그렇다면 방송의 질과 시청자의 질적 수준은 비례하는 것일까? 그렇지는 않을 것이다. 곡을 선택하는 신청자가 국민 전체 또는 시청자 전체를 대표하는 것은 아니겠지만, 어째서 그들은 한국 고유의 음악은 신청하지 않는 것일까?

곡명을 모르기 때문일까? 신청할 국악 프로가 없기 때문일까? 신청 엽서가 없어 프로가 아예 존재할 수 없기 때문일까?

한국의 젊은이들, 외국의 팝 가수 한 사람만 와도 울며불며 괴성을 지르고, 영어 성적은 형편없어도 뜻도 모르는 미국 노래는 한 곡조 뽑을 줄 아는 젊은이들이 왜 자기 나라 음악은 기피(?)하는 것일까?

학교에서 바하나 베토벤, '오 솔레미오'나 '보리수' 따위만 음악이라고 가르치기 때문일까? 나는 그러한 자세한 사정은 모른다.

또 알 필요도 없다. 나는 단지 한국의 고전 음악을 자주 연주하는 방송이라도 있었으면 하고 바랄 뿐이다.

그래서 나는 방송 담당자에게도 약간 유감이 있다. 신청곡 엽서가 없으면 방송하기 곤란하다는 분이 혹시 있다면 그 분은 또 어느 나라 사람일까?

나는 방송의 사명을 논하거나 방송의 교양성이나 주체성을 굳이 강조하려는 것이 아니다. 나는 그럴만한 지식이나 이론도 없는 사람이다. 단지 한국의 고전 음악을 좀 더 자주 듣고 싶은 한 사람일 뿐이다. 그리고 친구 알랭이 호텔의 TV에서 서양 음악만 듣다가 돌아가는 일이 없도록, 한국의 고전 음악은 아마 중국이나 일본과 비슷하겠지 하는 억측을 갖지 않도록 해주고 싶을 뿐이다.

외국에서 온 내 친구들 중에 한국에는 고유의 문화가 없고 중국이나 일본과 비슷할 것이라고 막연히 추측하는 사람이 의외로 많다.

물론 당연한 일이라고 할 수 있다. 한국 고유의 문화가 얼마나 독창적이며 수준 높은 것인가를 몰랐다고 해서 그들을 무식하다고 일방적으로 매도할 수 만은 없는 일이다. 그들이 인류학이나 민속학의 대가가 아닌 이상 아프리카와 비슷하다고 생각한다 해도 조금도 탓할 일은 아니다.

한국인 스스로가 별로 사랑하지 않으면서, 외국인이 알아주기를 바라는 것은 억지다.

나는 아내에게도 한국의 고전 음악을 배워보라고 권한 일이 있지만, 아내는 목이 아파서, 손가락이 아파서 중도에 포기하고 말았다. 음악에 소질이 없거나 열성이 없는 사람에게 실기를 요구한다는 것은 고문이다. 나 같은 음치에게 샹송을 부르라고 강요하는 것과 마찬가지다. 그러나 방송에서조차 한국 음악을 기피하는 이유를 나는 알지 못한다.

나의 이러한 심정을 알았는지 몰랐는지, 어느 날 한국인 친구 한 분이 나를 으슥한 술집으로 안내해 주었다.

소위 변두리 방석집이라는 곳이었는데, 외국의 뒷골목에서나 볼 수 있는 섹스 놀음을 보여주는 곳이었다. 한국도 외국의 그런 기술을 도입한 것 같았다.

손님들이 손뼉을 치며 좋아들 했다. 주흥이 도도하여 분위기가 한창 무르익어 갈 무렵, 누군가가 노래를 부르라고 고함을 질렀다. 술과 노래, 모임과 노래는 한국인의 특기가 아닌가?

그러자 조금 전 그 괴상한 섹스 쇼를 연출했던 여자가 한 곡조 뽑기 시작했다.

청사아안리 벽개에수우야

수이이 가아암으을 자라아앙

마아라……

정말 청산리 벽계수건 수이 감을 자랑 말라고 외치고 싶었다. 벌써 쉽게 들을 수 없는 노래가 되어버렸지 않은가. 멋지게 황진이 흉내를 내는 그 기생의 재능에 왜 섹스 쇼의 재능까지 곁들이지 않으면 안 되는가.

나는 왠지 모르게 씁쓸한 기분으로 술집을 나오고 있었다. 그때 한 친구가 나의 손에 두루마리 종이를 건네주었다.

"아까 쓴 붓글씨입니다. 기념으로 가져가십시오. 이 집 상호가 씌어 있을 겁니다."

나는 무심코 종이를 펴 보았다.

-벽계수-

라고 씌어 있었다.

우리 프랑스인은 전통 예술을 쉽게 천대할 만한 용기가 없다. 나는 한국의 이러한 용기와 배짱에 부러움조차 느낀다.

아카시아

동구 밖 과수원 길
아카시아 꽃이 활짝 폈네
아카시아 꽃 잎파리
눈송이처럼 날리네

한국인들은 이 노래를 애창하고 있는데, 초등 학생은 물론 다 큰 어른들도 모임이나 술자리에서 흔히 부르는 노래이다.

이 노래를 들으면 아카시아 꽃의 아름다움이나 향기가 가슴 깊이 느껴진다. 한국인은 그래서 아카시아를 좋아하는 모양이다. 한국의 어디를 가나 아카시아를 볼 수 있다.

볼 수 있는 정도가 아니라, 없는 곳이 있다면 오히려 이상할 지경이다. 아카시아가 국화가 아닌가 느껴질 정도이다. 그와는 반대로 은근한 끈기의 상징이자 국화라고 예찬하는 무궁화 꽃은, 오히려 눈을 비비고 찾아야 할 형편이다.

우리 유럽인은 아카시아를 좋아하지 않는다. 70여년 전 일제시대 때 처음 아카시아가 한국에 보급되기 시작했는데, 그때 이미 독일인이 그 폐해를 지적한 바도 있었다고 한다.

그러나 일본 관리들은 그 지적을 무시해 버리고 아카시아를 이 땅에 강제 식수하게 했다고 한다. 아카시아가 본격적으로 번창하게 된 것은 한국 정부가 '전 국토 녹화' 운동을 벌인 시기였다고 한다. 그 시절에는 들판이건 산마루건 '산림녹화'라는 대형 간판이 곳곳에 서 있었다. 그때 산림녹화 담당자들이 잘 죽지 않고 번식력도 좋은 아카시아를 선택해서 전국적으로 심고 가꾼 것은 대단히 한국적이라고 생각된다. '빨리 겉모양만 좋게' 만들어 놓으면 한국에서는 칭찬을 들을 수 있기 때문이다.

심지어 그 시절 어떤 지방에서는 공중 시찰시에 지적을 당하지 않기 위하여 돌밭이나 모래땅처럼 나무를 심기 곤란한 곳에는 초록색 페인트나 물감으로 칠까지 했다고 한다.

그야말로 '눈 가리고 아옹'이다. 우선 급한 불이나 끄고 보자는 발상이 언제부터인가 한국에 만연되었다고 한다.

이것은 '은근과 끈기'로 기다리며 좋은 결과를 만들어내겠다는 발상이 아니라, 우선 겉모양만 번드르르 하면 된다는 졸속주의이다. 시간이 지나면 밝혀질 일도, 너무 서두른 나머지 오히려 하지 않은 것만 못한 일도, 사리 판단이나 성과는 생각지도 않고 지시만 떨어지면 해치우는 겉치레 졸속주의야말로 사명감도 철학도 없는 노예근성이 아니고 무엇이겠는가?

결과적으로 다른 나무를 모두 죽이고 산을 황폐하게 만들어 버리는 아카시아를 선택한 일은, 남이야 죽건말건 나만 잘 살면 된다는 철저한 이기주의적 발상이다.

시간이 지나면 반국가 반민족 반기업 행위가 된다 해도 지금 나만 좋으면 된다는 식의 비겁한 이기주의다.

공동체 의식이나 사명감도 없는 이기주의가 아카시아의 가시처럼 살벌하게 자라고, 아무리 커도 제목으로 쓸모가 없는 아카시아는 무럭무럭 자라고……

아카시아의 나쁜 속성을 알면서도 겉모양의 아름다움을 노래하는 한국인은 얼마나 속이 편한 민족인가?

한때 '사꾸라(벚꽃의 일본말)'라는 말이 말썽을 빚은 일이 있지만, 그것은 차라리 애교라도 있다. 아카시아는 무지막지하게 가시로 찌르고, 뿌리를 다른 나무 뿌리 밑으로 뻗어 고사시키고, 저만 혼자 꽃을 피우고 독야청청 하는 놈이다.

그러나 한국은 아카시아 꽃 덕분에 세계 최대의 아카시아 벌꿀 생산국이 될지도 모르니 다행스런 일이라고 해야 하나!

3

행복한 한국인

6시 반의 초대

유럽에서 온 비즈니스맨의 불평 중 하나는 이 나라의 저녁 식사 시간이다. 거래처의 한국인과 식사 약속이 되면, 거의 대부분이

"오후 6시에 호텔로 모시러 가겠습니다."

하는 것이다.

"6시라니요?"

"네. 식사는 6시 반에 준비됩니다."

어쩔 수 없이, 아직 배가 고프지 않아도, 그는 도살장에 끌려가는 소처럼 데리러 온 승용차에 실려 간다. 로마에 가면 로마법을 따라야 하니까.

한국인과 유럽인의 크나큰 생활 리듬의 차이란 바로 저녁 식사 시간이다. 한국에서 살다보면, 저녁 시간이 이르다는 것을 금방 알게 된다. 한국인은 점심 식사는 대개 간단하게 끝낸다. 마음에 점을 찍는 정도면 되는 것이다.

유럽에서는 영국만이 특이하게 아침 식사가 무거운 편이고, 다른 나라는 전부 점심 식사를 거하게 한다. 당연히 점심 시간이 길어지고, 중역이라도 되면 오후 2시를 넘기는 경우도 적지 않다. 따라서 아무리 소화력이 강한 위를 가진 사람도 6시까지는 도저히 소화를 못 시킨다.

저녁 식사가 좀 빠르면 8시, 보통은 9시가 파리에서는 보편적이다. 마드리드 부근은 10시, 11시 정도가 보통이다.

바쁜 사람에게는 퇴근 시간부터 9시까지가 대단히 귀중한 시간이다. 2~3개 정도의 칵테일 파티에 참석할 수 있는 시간이다. 한국인 중에는 프랑스인이 6시에 초대를 하면, 저녁 식사에 초대 받은 줄로 착각하는 사람도 많다고 한다.

"저녁 식사가 6시라면, 옷을 갈아입을 시간조차 없지 않은가?"

파리에서 온 친구는 탄식한다. 유럽에서는 만찬회에 초대 받은 사람은 그 시간에 귀가하여 낮에 입었던 옷을 밤의 복장으로 갈아입는다. 부인 동반이라면 더 말할 것도 없다.

오페라나 연극 시즌이 되면, 8시경(때로는 7시도 있다)에 공연이 시작되므로 한국인이라면 미리 저녁 식사를 해야겠지만, 유럽에서는 끝나고나서 레스토랑으로 가니까 빨라야 10시, 11시가 되는 것이다.

반대로 한국에서 그런 식으로 생각했다가는 식당 문 앞에서

"벌써 영업이 끝났습니다."

라는 소리를 듣기가 십중팔구일 것이다. 마지막회 영화를 보려고 식사를 억지로 해 본 적은 있지만, 위가 말을 듣지 않는다.

그래도 나처럼 내 집이라도 있는 사람이라면 별 문제가 없다.

업무차 한국에 와서 6시 반에 저녁 식사 초대를 받은 코쟁이(서양 사람)들은 때에 따라서는 9시경에 호텔로 돌아온다. 유럽에서는 이제야 바야흐로 저녁 식사가 시작될 시간임에도 불구하고 말이다.

호텔의 바에서 술을 마셔보아야 재미도 없고, 서울까지 와서 TV의 서부극을 본다는 것도 할 짓이 아니다.

물론 요정이나 고급 술집에 2차로 데려가 주는 사람도 있다. 그러나 접대하는 쪽과 호스티스는 서로 아는 사이니까 재미있겠지만, 이쪽은 말도 통하지 않고, 그 여자가 하룻밤쯤 함께 해 줄 기미도 전혀 보이지 않으니, 별반 재미가 없다. 그 뿐이면 또 그런대로 괜찮다. 들어 본 적도 없는 한국의 흘러간 노래들을(애달픈 곡이 많다) 차례로 불러대기 시작하면 정말 죽을 맛이다.

여자가 있고, 신체가 건강하니 말은 통하지 않아도 소통 가능한 만국 공통의 춤이라도 추는 수밖에.

2차도 끝나고 호텔에 돌아오면 배가 고파진다. 메뉴를 보아도 그다지 탐탁한 요깃감이 없다. 에라, 잠이나 자자. 한국의 밤을 이렇게 체념 속에서 보낸다. 내일의 저녁 식사도 또 여섯 시 반일까?

한국의 밤은 짧다고 해야 할까, 길다고 해야 할까, 나는 판단이 서질 않는다. 이 나라에서는 저녁 식사 후의 시간을 여분으로 갖고 있는 것은 확실하다.

6시 반에 식사에 초대되어 9시에 귀가하여 모자라는 술배를 채우려 꼬냑을 기울인다. 파리에서라면 지금부터가 사교 시간인데…… 하는 기분이 마음 한구석에 있다.

로마에 가면 로마법을 따르라고 하는 철칙을 모르는 바는 아니지만, 한국의 밤이 1시간 정도 뒤로 물러나 주었으면 좋겠다고 생각해 본다. 욕심대로라면 2시간이지만, 거기까지는 바랄 수 없을 터. 6시부터 8시까지 칵테일 아우어(Cocktail hour)가 정착된다면, 많은 기업인에게 도움이 되리라고 생각해 보면서…….

수프를 먹으며

서양식 예법을

한국의 서점에 가 보면 예법이나 매너에 관한 책이 제법 많은데, 관혼상제에 관한 것, 서양요리 먹는 법, 대화나 연설을 잘 하는 법 등등 과연 동방예의지국이라는 사실을 실감한다.

관혼상제에 관한 것은 학교에서도 제대로 가르치지 않는 것 같으니 책으로 밖에 배울 수 없을 것이다. 또 그것은 우리들 외국인에게도 많은 참고가 된다.

그러나 서양식 매너에 관한 것을 보면 서양인과 악수를 할 때는 상대의 눈을 보며 하라든지, 수프를 마실 때는 소리를 내지 말아야 한다든지…… 그것은 모두 우리 유럽인의 일상 생활에서 몸에 붙은 습관을 가리키고 있다.

자연스럽게 형성되어 온 습관을 언어나 풍속이 다른 민족이 활자로 배우려고 노력하는 모습은 우리 외국인들 눈에는 안타깝기까지 하다.

젓가락과 격투를

유감이지만, 우리 유럽인은 한국인이 나이프나 포크를 익숙하게 다루는 정도로 젓가락질을 할 수가 없다. 할 수 없는 정도가 아니라, 젓가락과 격투를 벌이지만 번번이 패배하고 만다.

그러나 유럽인이 동양에 올 때 런던이나 파리의 서점에서 젓가락 사용법이나 동양식 예법에 관한 책을 사 오는 일은 결코 없다. 그렇다고 서양 요리의 수프 마시는 법은 예법이고, 젓가락으로 김치나 국수를 먹는 것은 예법이 아니랄 수는 없는 일이다.

매너나 예법이란 오랜 세월을 통하여 형성된 것이며, 그 민족 고유의 독자적인 것이 많다. 요즘은 유럽식 매너도 방약무인한 미국인에 의하여 점점 타파되어 가고 있는 실정이다.

한국인이 수프를 마실 때 소리를 낸다고 하여 얼굴을 쳐다보는 유럽인이 있다면, 그는 유럽인의 독선에 빠져 있는 것이며, 한국인은 그렇게 먹을 수도 있다는 것을 모르기 때문이다.

동양인의 식습관에 있어 국물(수프) 종류는 마시는 일이 많으며, 그 쪽이 훨씬 편리한 것도 사실이다. 그래서 미국에서는 일류 호텔에서조차 스프는 접시와 컵 두 종류로 서빙되며, 많은 미국인이 컵을 선택하고 있다는 사실로 미루어 그 편리함을 미루어 짐작할 수 있다.

동양인이 양식을 먹을 때의 동작을 관찰한 바에 의하면, 젓가락으로 쉽게 집어먹을 수 있는 것 이외에는 한꺼번에 마시거나 빨아 먹는 습관을 가지고 있다. 수프를 먹는 경우를 보면, 진공청소기의 흡입력을 연상시키는 방법으로 빨아들인다. 어떤 사람은 그린피를 먹을 때에도 콩을 포크에 얹고 빨아들이는 모양으로 먹는다.

나는 동양인이 유동식 이외에도 빨아들이듯 먹는다는 사실을 발견하였다. 아이작 뉴톤처럼 할 생각은 없으나 나에게는 위대한 발견이었다.

우리 유럽인들은 어릴 때부터

"수프를 흘리면 안 돼요."

하고 속삭여 주던 어머님의 말씀을 기억하고 있다.

"수프는 스푼째로 입에 넣으면 흘리지 않는 거야."

하고 가르쳐 주셨다. 그래서 우리는 마시는 방법이 아니라 스푼째 입에 넣는 방법으로 수프를 먹었던 것이다.

이상한 예법

내가 처음 한국에 와서 무역회사에 근무하는 어떤 젊은이와 양식을 먹었을 때의 일이다. 그는 긴장한 체(?) 왼손에 포크, 오른손에 나이프를 들고서 고기를 썰었다. 거기까지는 좋았다. 그 다음 왼손에 든 포크의 등(오목한 쪽이 아니다)에 밥알을 올려놓으려고 필사적으로 노력하고 있었다. 왼손잡이도 아닌 그가 고생하는 모습을 보자 안타까운 생각이 들 정도였다.

어디에서 보았는지, 누구에게 배웠는지 나는 모른다. 밥알을 포크의 등으로 먹는 방법은 어디서 나왔을까? 유럽인이라도 그런 방법으로 먹으라고 한다면, 두 손을 들고 말 것이다. 유럽에서도 미국에서도 포크는 편한 쪽 손에 잡고 오목한 쪽으로 떠서 먹는 것이 상식이다.

또 어떤 신사는 닭고기를 나이프로 잘라 먹으려다가 고기 조각이 튀어 앞자리의 귀부인을 놀라게 하는 해프닝이 벌어졌다. 닭고기는 손으로 잡고 먹어도 품위를 손상시키는 일이 아니다.

왜 이처럼 경직된 매너가 한국이나 일본에 보급되었을까? 서양 요리는 서양식으로 먹어야 맛이 있는 것이 아닌 바에야 굳이 그렇게 먹을 필요가 있을까? 이질 문화권의 생활 양식을 무비판하게 수용하는 데서 문제가 있다. 유럽의 식생활이 동양의 그것보다 뛰어나다는 증거는 아무 데도 없다.

어느 날, 나는 TV의 교양 프로(이것도 이상한 말이다. TV에서 교양을 얻으려고 생각하는 프랑스인은 아무도 없다)라는 것을 보다가 어떤 여류 평론가라는 사람이

"국수보다는 스파게티가 맛있잖아요?"

하는 소리를 듣고 놀란 일이 있었다.

그 사람은 마르코 폴로가 스파게티의 원조였던 것을 몰랐던 모양이다. 그 사실을 몰랐다는 것은 무식의 소치이므로 불문에 붙인다 해도 스파게티가 더 맛있다고 일방적으로 단언한 것은 큰 망발이다. 개인적인 기호건, 우연한 실수건, 그 말은 어쨌든 서양 선호의 표현이 아니던가? 이런 자기 비하, 자기 부정은 유럽에서는 결코 볼 수 없는 종류의 교양이다.

미국인의 배짱

우리들이 무엇보다도 기묘하게 생각하는 것은 유럽 문화에 대한 한

국인의 자기 주장이 도무지 보이지 않았다는 점이다. 절대적으로 양복보다는 한복을, 포크보다는 젓가락을 주장할 수 있어야 했다.

이 점에 있어서 중국 사람들은 자기 주장을 할 줄 알았다. 그것은 대륙 국가가 역사적으로 문화의 충돌 경험을 많이 가졌다는 증거일 것이다. 따라서 중국에는 포크의 등에 밥을 얹어서 입에 넣는다는 발상이 없다. 그들은 먹기 쉽다고 생각하는 방법으로 먹는 것 뿐이다. 홍콩이나 대만에 서양 요리점이 적은 이유도 아마 그 때문일 것이다.

같은 앵글로 색슨계의 백인이라도 비프스테이크를 먹는 방법을 보면, 누가 영국인이고 누가 미국인인지 나는 알 수 있다. 영국인은 한 조각씩 잘라서 입에 가져가지만, 미국인은 처음부터 전부 잘라 놓고, 편한 쪽 손에 포크를 잡고 먹는다.

어느 쪽이 바른 방법이냐고 묻는다면, 나는 '좋으실 대로'라고 밖에 답할 수가 없다.

옛날 우리 프랑스에서 꼬냑은 튤립 글라스에 조금 부어서 손바닥 열로 덥혀가며 향기를 즐기면서 마셨다.

그러나 지금은 온 더 록스(on the rocks)로 마시거나 물에 타서 마실 수도 있다. 이것은 미국인이 남긴 엄청난 선물이다.

미국이라고 하는 중세의 전통을 갖지 못한 근세 국가의 사람들은 유럽의 권위를 산산조각내 버렸다. 매너라고 하는 것은 너무나 허약한 것이어서 미국인의 무서운 파괴력 앞에서는 아무런 대항도 하지 못했다.

식사 도중에 담배를 피운다든지, 커피를 마신다든지 하는, 예전의 유럽에서는 상상조차 할 수 없었던 광경을 지금은 파리, 런던 어디에서나 볼 수 있다. 미국인이 방약무인하게 자기 주장을 관철시킨 결과이다. 포크 대 포크의 싸움에서 한 포크가 다른 포크의 권위를 눌러버린 것이다.

"수프를 먹을 때는 소리를 내서는 안 된다."

고 되어 있다. 습관적으로 아무 것이나 마시거나 빨아먹어 온 선량한 사람들도 이 조문엔 위축되어 버린다. 그래서 포크의 등에 나이프로 밥을 올려놓으려고 하는 고통스런 코미디를 연출한다.

오해를 피하기 위하여 말씀드리지만, 나는 여러분에게

"수프는 소리를 내며 마시세요."

하고 권하는 것은 결코 아니다.

단지 유럽의 문화에 대하여 '어깨의 긴장을 푸시는 것이 어떨까요.' 하고 권하고 싶다. 유럽인조차도 유럽 문화를 절대적인 것이라고 믿고 있지는 않으니까.

한국과 프랑스 공동으로 '수프를 먹는 방법에 관한 심포지엄'이 왜 아직 개최된 적이 없었는지 한 번쯤 생각해 보시길 바란다. 서양의 근대 문화에 대하여 한국이나 일본만큼 의구심을 갖지 않고 받아들이는 나라도 드물 것이다.

미국의 근대인들이 유럽에서 방약무인하게 행동한 결과로 꼬냑의 온 더 록스나 식사 중의 끽연이 유럽에 남게 되었다. 이것은 유럽인의 가슴 속에 그러한 원망이 있었기 때문일 것이다.

월남(이상재) 선생의 배짱

만일 수프를 소리 내어 마시는 편이 맛있다고 한다면, 전 유럽이 수프 마시는 소리로 가득 찰 시대가 올지도 모른다. 포크보다 젓가락이 더 기능적이라고 느껴져 유럽의 식탁에 젓가락이 올라오는 시대가 올지도 모른다. 그렇다면 한국인은 그런 가능성에 대하여 생각해 본 적이 있는가?

한국의 선각자 월남 이 상재 선생이 박 정양을 수행하여 최초로 미국 사신으로 갔을 때의 이야기는 여러분에게 시사하는 바가 많을 것이다.

월남은 젓가락과 요강을 휴대하고 도미했다. 요강의 용도야 여러분도 아시는 바이고, 서양식인 미국에서는 젓가락의 용도가 중요하다. 월남은 식사 중에 주머니에서 젓가락을 꺼내어 음식을 집어 잡수셨던 것이다.

옆에서 누가 서양 예법에 어긋난다고 지적하니까, 포크보다는 젓가락이 훨씬 편리하지 않느냐, 그리고 상대방에게 피해를 주지 않으면 결례가 되지 않으며, 이것이 한국에서는 엄연한 예법이라고 대답했다는 것이다.

여러분도 모름지기 월남 선생의 배짱을 배워야 할 것이다.

비목이냐, 선구자냐

새해가 되면 누구나 나름대로의 계획과 포부를 갖기 마련이다. 감옥에서 기약없는 생을 보내는 무기 징역수에게조차도 꿈과 포부가 없으란 법은 없다.

높은 자리에 앉아서 떵떵거리던 전직 고관도, 몇 천억을 주무르던 전직 회장도 죄수이긴 매한가지지만, 제 나름대로의 꿍꿍이속은 누구에게나 있기 마련이다. 한때 국민적 영웅(?)이었던 조세형이라는 잡도둑은 또 탈옥할 궁리를 하고 있을지도 모를 일이다.

망년회에서 지난해의 일은 깡그리 잊어버렸으니, 또 새로운 계획을 세워야 하는 것은 말할 필요도 없다. 그것이 협잡이든, 사기든, 선구자든, 이름 없는 일꾼으로 사는 것이든, 무언가 꿈은 필요하지 않겠는가?

나도 망년회라는 모임에 몇 번 참석한 적이 있지만, 도저히 잊어버릴 수 없는 일이 있었음을 고백하고 싶다.

술을 강권하며 함께 취하기를 즐기고 돌아가며 한 곡 뽑아주기를 강요하면서 젓가락으로 멋지게 박자를 맞추는 그 현란한 기술을 어찌 잊을 수 있겠는가? 젓가락 문화의 유산이 여기까지 파급되어 있다는 것에 놀랐고, 젓가락의 용도가 실로 다양하다는 사실에 감탄했다. 그보다 더 탄복한 것은, 한국인이라면 누구나 멋지게 한 곡조 뽑을 수 있는 18번(발음이 좋지 않은데, 원래는 일본말이라고 한다)을 가지고 있다는 사실이다.

그 18번 중에는 흘러간 노래도 많지만, 거의 예외없이 들을 수 있는 것이 '선구자'와 '비목'이고, 그 중에서도 선구자에 대한 애착은 놀랄 정도로 강렬하다는 인상을 받았다. 어떤 사람이 먼저 선구자를 부르면 자기의 18번도 선구자라고 나중 사람이 곤란해 하는 경우도 있었다.

한국인은 왜 그토록 선구자를 좋아할까? 북쪽의 중국 대륙, 황량한 벌판에서 홀로 쓸쓸히 말을 달리는 그 선구자의 어디가 그렇게 좋은 것일까?

물론 황야를 달리는 멋진 서부의 사나이와 같은 이미지도 있고, 조국의 독립을 위하여 싸우는 고독한 영웅의 이미지도 있다. 선구자를 좋아하는 사람들은 조국을 위하여 분골쇄신하겠다는, 또는 정의를 위하여 비장한 삶을 살겠다는 의지를 나타내려는 것인지도 모르겠다. 아니면 자기의 이미지가 선구자 같기를 바라는 간절한 마음이 깃들어 있는지도 모르겠다.

물론 선구자를 비난할 생각은 없다. 선구자란 어디에나 필요하고,

마땅히 선구자와 같은 의식을 가져야 할지도 모른다. 그러나 온 국민이 선구자가 되어 말을 타고 황야로 나가 버린다면 어떤 일이 일어날까? 독립 운동도 필요 없는 이 마당에 농사는 누가 짓고 공장은 누가 돌린단 말인가?

지나친 선구자 의식이 무리한 출세욕을 낳고, 자기 분수를 모르는 출세욕 때문에 갖가지 부정이 저질러지는 것은 아닐까?

감옥에 계신 선구자님(?)들은 지금 무슨 계획을 세우고 있는지 모르지만, 나는 아주 소박한 꿈을 가지고 살아갈 작정이다.

이름모를 비목이어도 좋다. 내 조그만 역할이나마 최대한 성실하게 하는 것이 올바른 삶이 아닐까?

외상과 얼굴

돈 없는 사장님

한국의 사장님들과 교제가 있는 외국인은 그 교제의 초기에 반드시 의문점 한 가지를 갖게 된다. 그들은 손님을 접대할 때 현금으로 지불하지 않는다는 점이다.

그러나 아니다. 그 뿐이라면 충분히 설명이 될 수 있다. 그렇다고 그들이 크레디트 카드와 신용 카드를 사용하느냐 하면 그것도 아니다. 그렇다면 전표에 싸인을 하느냐? 그것도 십중팔구는 하지 않는다.

그들에게는 당연한 일일지 모르나, 나는 여우에게 홀린 듯한 기분이 들었다. 혹시 잠깐 화장실에 다녀온 사이라든가, 아니면 내가 모르는 사이에 지불했는지도 모른다고 나는 여러 가지로 생각을 해 보았다.

그러나 같은 경험을 여러 번 하는 동안에 그들은 현금 지불은 물론, 카드 사용도 전표 싸인도 하지 않는다는 사실을 알았다.

그때 나는 정말로 이상한 이질적인 세계에 와 있다는 것을 실감하지 않을 수 없었다.

유럽의 신용제도 사회에서 온 사람에게는 한국의 고급 요정과 그 고객과의 보이지 않는 신뢰 관계는 정말로 불가사의였다. 손님은 월말 계산에 도대체 얼마가 나올지 청구서가 오기 전까지는 모를 것이며, 업자는 또 그 손님이 청구서의 금액을 반드시 지불한다는 법률적인 보장도 전혀 못 받는 것이다.

유럽 사회에서는 모든 상거래가 계약이다. 손님은 물론 업자에게도 계약이란 의무 행위다. 계산서란 바로 그 거래의 지불 계약서이다. 업자의 착오도 있을 수 있기 때문에 손님은 그 계산서를 자세히 검토 확인한 후 현금이나 카드로 지불해야 할 상거래이다.

한국인의 신용도

미국과 프랑스를 비롯한 유럽에서는 신용제도가 점점 발달하여 크레디트 카드 등에 의한 지불이 늘어난 반면, 현금지불은 줄어드는 추세로 바뀌고 있다.

그런데 놀라운 일은 한국에서는 옛날부터 이런 신용제도가 관습화되어 왔었다는 점이다. 그리고 그 관습의 일반적 명칭을 '외상'이라 한다.

한국의 크레디트 카드 제도는 다른 부문들의 일반적인 아메리카 나이즈 현상보다는 발달이 더딘 편이다. 백화점이나 호텔과 같이 경영

방식이 서구화, 근대화된 곳은 별도로 치고, 고급 요정, 살롱 등에서 크레디트 카드를 사용하는 손님은 아직 별로 없고 가맹점도 많지 않은 것 같다.

얼마 전에 나는 사정이 급하여 카드가 통용되는 영동의 어느 고급 요정에 손님을 모신 일이 있었다. 그 클럽은 내가 한국의 거래처 손님과 몇 번인가 갔었던 곳이다.

나는 얼굴을 알고 있는 아가씨와 즐겁게 시간을 보낸 후, 그 아가씨에게 카드를 보여주며

"이걸로 지불하고 싶은데?"

하였더니, 그 아가씨는 카드를 돌려주며

"손님, 외상으로 놔두는 편이 더 나으니까, 그렇게 하시죠."

하는 것이었다.

그리고는 이상한 표정을 짓는 나에게 그 아가씨는 다음과 같이 말해 주었다.

"카드로 지불하면 카드 수수료만큼 비싸질 뿐이니까 손해예요."

과연! 그러니 크레디트 카드 시스템이 발달할 리가 있겠는가?

신용제도에 관하여 생각하는 바가 유럽과 한국은 이처럼 근본적으로 다르다.

물론 같은 유럽이라 해서 일률적인 신용제도가 존재하는 것은 아니며, 나라에 따라, 또 일부의 폐쇄적인 사회에서는 한국의 외상과 비슷한 신용제도가 통용되기도 한다. 그러나 그것은 극히 예외적인 일이며, 일반적으로 지불 계약이란 만인에게 평등한 법이다. 그런데 한

국에서는 현금이나 카드로 지불하는 사람보다 외상으로 거래하는 사람이 더 신뢰받는 경향이 있다.

이러한 사실은 한국을 잠깐 다니러 온 사람이나 나처럼 오랫동안 체재하고 있는 외국인들에게는 얼마나 이해하기 어려운 일인지 아마 한국인들은 모를 것이다.

예외도 있겠지만, 외상은 원칙적으로 동양적인 거래이다. 동시에 외상이 통한다는 것은 그 사람의 사회적 신용도의 척도(바로 미터)이며, 지위의 상징이며, 크레디트 카드보다 훨씬 높은 신용도(크레디빌리티credibility)를 나타내는 것이다.

도대체 이러한 신용제도를 우리들은 어떻게 해석해야 좋을까? 유럽인이 오랜 시간에 걸쳐 어렵게 어렵게 만들어 놓은 신용제도를 한국인들은 수백 년 전부터 확립시켜 놓고 있는 것 같다.

인간 불신과 크레디트 카드

미국인들이 애용하는 크레디트 카드를 한국인의 전통적인 신용의 관념과 비교하면, 크레디트 카드가 오히려 인간 불신의 산물이다. 한국에서는 이름있는 회사의 사장이나 중역들은 현금은 물론 카드 없이도 얼굴만 있으면 상거래가 가능하다.

그러나 우리 같은 외국인들이 이 위대한 폐쇄 사회를 상대로 거래하고 생활하는데, 한국인들은 상상도 못할 어려움이 있다.

'체면을 차린다.' '얼굴이 깎인다.'는 말은, 한국에서 처음 비즈니스를 하려는 외국인들에게 먼저 이해시켜 주지 않으면 안 될 문장이다.

이 말은 또한 한국의 여러 계층에서 통용되며, 외상이라는 말도 그와 마찬가지로 농촌이나 어촌의 신용제도와 깊은 관련이 있음을 깨닫게 되었다. 우리 유럽인들도 이렇게 제도화되어 있지 않은 신용제도를 좀 더 연구하고 발전시켜 활용할 필요가 있지 않을까?

물론 단일 민족에 의한 단일 국가라는 조건 하에서만 성립될 수 있는 신뢰 관계일 수도 있다. 현금, 수표, 카드 밖에 신용하지 못하는 우리 유럽인은 한국인에 비하면 매정한 감도 없지 않아 있다.

자택 접대

왜 자택 접대를 기피할까?

"대다수의 한국인은 외국에서 온 손님을 자기 집에 초대하는 경우는 별로 없다."

이것은 우리 같은 외국인이 한국에 부임할 때에 흔히 듣게 되는 이야기 중의 하나이다. 분명히 나도 십여 년이나 경험한 바이지만, 한국인의 자택에 초대 받아 본 적은 손에 꼽을 정도다.

그렇다고 전혀 없는 것은 결코 아니다. 개중에는 6개월에 한 번 정도 꼴로 자택의 연회에 불러주는 사람도 있다.

한국인이 자택에서 손님을 접대하고 싶어하지 않는 것은 우리와 관습이 다른 것이지, 한국인의 정신 구조가 폐쇄적이라든가, 가옥 구조에 문제가 있다고는 말할 수 없다.

서양, 특히 미국에서는 여성이 사교 생활에 참여하는 것이 큰 역할인데 비하여, 한국에서는 그렇지 않은 것 같다. 서구에서는 어릴 때부터 사교 생활의 방식을 양친과 동석하여 훈련을 쌓기 때문에 주부로서의 사교술이 일찍부터 몸에 배어 있다.

따라서 그런 훈련을 어릴 때부터 받은 서양의 여성과 그렇지 않은 한국 여성을 비교할 수는 없다. 자택 접대는 주부의 동의를 구하지 않고는 할 수 없는 일이기 때문에 사교적 훈련을 받지 않은 한국의 주부들이 기피하는 것은 당연하다.

더구나 한국에는 자택의 응접실 대신 요정이라는 편리한 장소가 있다. 그 곳에는 넓은 방에 많은 사람들이 들어앉을 수가 있고 느긋한 분위기에서 철저한 서비스를 받을 수가 있다.

요정의 아가씨들은 가정 주부 대신 사교적인 여주인 역할을 훌륭히 해 준다. 혹시라도 그 요정의 경비를 각 기업의 접대비로 댈 수 있다면, 누가 자청해서 자택 접대를 하겠는가?

유럽에서의 자택 접대는 대부분이 자비다. 서민은 서민대로, 자산가는 자산가대로 자비로 접대한다. 그 비용을 세금 공제의 항목으로 생각하지 않는다. 또 파티의 규모도 소득에 따라서 다르며, 신분에 어긋나게 크게 벌이는 것은 절대적으로 피한다.

미국 등지에서의 자택 접대는 대부분 놀랄만큼 검소하게 하는데 간단한 안주와 칵테일만 내놓는 경우도 적지 않다. 요는 음식의 질이 아니라 인간 교류의 성의와 질이다.

그리고 그런 자택 접대는 원칙적으로 사무적인 이야기는 빼고, 오락, 취미 등의 이야기로 시종일관하는 것을 최상으로 친다. 당연히 이야기의 흐름이 그 주인의 취미를 드러내는 거실의 그림과 놓여있는 도자기 중심으로 모인다. 물론 그림이나 서예작품은 집주인이 자비를 들여 구입한 것이지 회사의 비용으로 산 것은 아니다.

구미에서는 근무처에서 만난 것만으로는 그 인물의 정체를 파악할 수 없다고 한다. 자택을 방문하여 그 인물의 취미를 보고 그제서야 평가를 내린다고들 한다. 따라서 한 장의 그림, 하나의 물건이라도 적당히 고르는 법이 없다.

"저 사람은 돈은 좀 가지고 있지만 취미는 형편 없다."

는 평가야말로 최하이고, 또 치명적인 평이다. 이 경우, 사무실 벽에 걸려 있는 것이 아니라 자택의 벽에 있는 것에 초점이 맞춰진다는 것은 말할 필요도 없다.

내가 초대받은 적이 있는 한국인의 가정은 우연의 일치인지는 모르겠으나 놓여있는 물건이나 그림 등이 정말로 훌륭한 것들이었다. 그리고 이것 또한 우연의 일치인지는 모르나 초대받은 곳은 사장님이나 중역들의 집뿐이었다. 다시 말하면 샐러리맨의 집은 한 번도 방문해 본 적이 없다. 생각해 보면 묘한 일치점이라고밖에 할 수 없다.

요컨대 한국인이 자택 접대를 기피하는 이유는 그것을 치룰 정도의 충분한 수입을 얻지 못하고 있기 때문이 아닌지? 음식은 고사하고 손님을 감탄 시킬만한 가구나 그림같은 미술품이 현재의 수입으로는 구입하기가 어려운 형편이 아닌지?

전부터 내가 느껴 온 바이지만, 구미의 대기업 중역들의 급여와 한국 대기업 중역들의 그것과는 많은 차이가 있다. 구미는 많은 편이고 한국이 적은 편이다. 구미의 경영자들은 주주 총회 석상에서 언제 퇴

진을 당할지 예측이 안 되므로 높은 급여는 책임 부담료인 동시에 위험 부담료에 해당한다. 따라서 급여에는 자택 접대비도 들어 있고, 고급 가구나 그림 등의 구입비, 주부의 옷값까지도 전부 포함되어 있다고 해야 할 것이다. 대기업들의 보수를 전부 자세히 알지는 못하지만, 전해 들은 이야기를 종합해보면 어떻든 어중간한 금액이다.

한국인은 마음씨가 좋은 사람들이어서 외국인을 접대함에 있어서 절대로 소홀히 하는 일이 없다. 또 예술적인 취미를 이해하는 능력이 있는 사람도 적지 않다. 만약 자유로이 쓸 수 있는 돈이 있다면, 그 사람의 자택에도 취미에 따라 여러 가지 예술품이 장식될 것이다.

그러나 일반 서민들은 수입이 적어 나름대로의 취미생활을 할 여유가 없다.

한국 문화도 또한 그곳에서 중단되어 버린다. 이름난 명화의 수집은 기업이라고 하는 문화적 계승성이 없는 막연한 공동체에 의하여 이루어지고 공동체 공간의 벽에 장식되어져 버린다. 어떤 것은 창고에서 먼지를 뒤집어 쓴 채 잠을 자는 경우도 있다. 이러한 일들은 한국 문화의 질적인 향상이라는 면에서 볼 때 대단한 마이너스이다.

얼마 전 '큰 손'에 의한 대단한 금융 스캔들이 있었는데, 돈이나 어음뿐 아니라 막대한 양의 골동품(가짜를 포함하여)까지도 소유하고 있었다고 한다.

한국의 골동품이나 명화는 대부분 재벌급 부자들이 소유하고 있다고 할 정도다. 골동품의 '골'자나 명화의 '명'자도 모르는 벼락 부자들이 매점하지 못하도록 하는 방법은 없을까?

또, 작품에 터무니 없는 값을 매기고 재벌들만 상대하는 예술가들을 해외로 수출하여 막대한 외화를 벌어들이고, 국위도 선양하는 방법은 없을까?

그리하면 중견 간부들에게도 기회가 주어질 것이고, 그렇게 되어야만 중역급 이상의 자택에만 초대받는 일도 없어질 것이고, 예술을 이해하고 아낄 줄 아는 서민들의 집에서도 소주 대접을 받아 볼 것이 아닌가?

아무쪼록 좋은 그림이 없더라도 저를 한 번 초대해 주십시오. 자식들에게도 눈알이 파란 외국 동물(?)을 구경시킬 수 있고, 이것이 바로 국제화 시대의 엘리트임을 과시할 수 있는 좋은 기회일 테니까요.

사람 값

사람 값은 도대체 얼마나 되는걸까?

유물론적으로 말하면, 사실 몇 푼어치 안 되는 원소 뭉치에 불과하다. 화학자들이 분석해 보니, '당나귀 뭐 빼고, 뭐 빼면 별 볼일 없다'는 식으로 물 빼고나면 철분, 인, 칼슘 등등 한 주먹 정도의 원소들의 조합에 지나지 않았다는 것이다.

이렇게 유물론적으로 생각한다면, 포르투갈의 한 남자가 자기 아이를 자그마치 7천 7백 50달러(약 6백만 원)에 팔았다니 대단한 폭리(?)를 취한 셈이다. 이 남자는 스물네 명의 아이를 낳았는데, 현재 임신 중인 아이를 포함한 스물세 명을 팔아 넘겼고 현재는 여섯 살짜리 하나만 데리고 산다는 것이다.

뱃속의 아이도 이미 선금을 받아 수금이 끝났다고 가정하면, 현재 시세로 쳐서 거금 1억 4천만 원 상당을 벌어들인 셈이다. 확실히 가축보다는 부가가치가 높은 사업이다. 이 사업은 키워서 무게로 파는 것이 아니라, 어리고 볼품 없는 상태라 해도 사람이기 때문에 폭리가 가능했을 것이다.

포르투갈 사람에 비하면 한국의 인신 매매 상(?)은 확실히 장사(?) 속이 어두운 편이다. 5백 명의 성인 여자를 40만 원에서 50만 원 정도에 팔아 넘겼다고 하니까, 총매출은 2억여 원을 올렸지만 확실히 박리다매라고밖에 생각할 수 없다.

한국의 기업들이 박리다매 정책 때문에 덤핑 판정을 받기도 하고, 받을 위험이 있는 기업도 있는데, 한국의 사업가는 박리다매를 좋아하는 경향이 다분한 것 같다.

그러나 사람은 역시 사람이라는 인격체임을, 한 줌의 원소덩어리가 아니라 보다 높은 가치를 지닌 존재라는 점을 인정하는 사람들도 있다는 것은 매우 고무적(?)인 일이라고 생각해야 할 것이다.

예컨대 '마담 뚜'라든가, 그들이 추천하는 사람들에 대하여 높은 가치를 부여하는 사람들 말이다.

기업에서 유능한 인재를 스카우트할 때 금전이나 물질로 잡아두는 것과 마찬가지로 마담뚜가 소개한 인물에 대한 금전적 가치야말로 감히 가격을 매길 수 없을 정도로 대단하다.

그래서 어떤 재벌은 쟁쟁한 사위를 얻는 데 수억, 아니 수십억도 아끼지 않는다는 것이다. 이처럼 사람 값을 과대평가하는 사람이 있는가 하면, 고작 40~50만 원으로 밖에 생각하지 않는 부류도 있다. 이 말은 사람에 대한 근본 생각이 비뚤어져 있다는 증거가 아닐까?

흑인을 사냥해서 노예로 팔아먹던 그 시대의 사고방식과 조금도 다르지 않다면, 인간의 인간다움에 대한 가치를 아무리 외쳐보아야 무슨 소용이 있을까?

마담뚜가 브로커 노릇을 하며 값을 올리려고 동분서주하고 있을 때, '빨이꾼'이 여자들을 호리고 '까미'(인신매매 조직의 두목)가 사람을 팔아넘길 때, 이 나라의 사람 값이 춤을 추는 것이다.

한국인들은 파스칼이 말한 것처럼 '인간이란 무한히 위대한 것과 무한히 왜소한 것의 중간에 있다'는 것을 믿기보다, 인간이란 위대하거나 왜소하거나 둘 중의 하나라고 믿는지도 모른다.

눈치

서울에서 춘천으로 가는 길에 있는 민물 매운탕 집에서 그놈의 '눈치'라는 물고기를 먹은 적이 있다.

나는 아직 잉어와 붕어도 제대로 구별하지 못하는 위인인데, 물통에서 입을 뻐금거리는 물고기 중에서 길쭉하고 허우대가 멀쩡하게 생긴 놈을 골랐더니, 그게 바로 눈치란다.

'썩어도 준치'라는 말도 있고, 눈치도 같은 '치'자 돌림이라 자못 기대가 컸었다.

그러나 생긴 모양은 그럴듯한 놈이었지만, 잔잔한 가시가 많아서 먹기에는 지랄 같았다. 조심조심 먹었지만, 결국 잇몸에 가시가 박혔고, 쩔쩔매는 나를 보고 일행은 모두 재미있어 했다. 나는 그놈의 눈치라면 이제 보기도 싫어져 버렸는데…… 이게 웬일인가?

신문마다 어린애 주먹만한 글자로 온통 눈치 타령이 아닌가? 한국 사람이 이처럼 눈치를 좋아하는 줄 '예전에는 미처 몰랐어요!'다.

그런데 그놈의 눈치라는 것이 매운탕용이라면 얼마나 좋겠는가? 강에서 나는 눈치라면 전국민이 눈치 매운탕으로 포식이라도 할 판인데, 명색이 엘리트 코스라고 해야 할 대학을 눈치로 때려잡는다는 것이다.

한국은 세계적으로 대학이 많은 나라이고, 대학생이 많은 나라이고, 초등 학생 시절부터 대학 진학을 생각하고 준비를 한다. 공부를 한다는 것은 본래적인 의미의 공부가 아니라, 대학에 가기 위한 준비 체조라고 생각하면 된다. 장장 10년 이상이나 걸리는 준비 체조가 이 세상 어디에 또 있겠는가?

교육은 백 년, 이백 년 앞을 내다보고 해야 하는 것이지만, 이 나라 교육 전문가들은 눈치로 대학에 들어가서 눈치로 졸업을 하고, 눈치로 인생을 살아가려는 젊은이들의 장래에 대해서 아무런 가책도 반성도 없이 바라보고만 있다.

이 대학 저 대학을 기웃거리며 요행히 입학이라도 해서 어떻게 졸업장이나 한 장 받아 가지고 취직이나 결혼을 위한 간판으로 써 먹겠다는 젊은이들을 길러내면서도, 이 나라 어른들은 누구 하나 걱정을 하는 사람이 없다.

아마도 한국의 교육자들이 생각하는 교육의 목적은 눈치와 요령을 습득시켜 험한 세상에서 눈치껏 요령껏 살아남게 하는 것인지도 모른다.

실력이나 소신이나 사명감 같은 것은 헌 짚신짝처럼 던져버리고, 오로지 대학 졸업장을 인생의 통행증으로 생각하는 한심한 젊은이들을 보면서, 그놈의 가시가 박혔던 잇몸이 근질근질해진다. 허우대는 멀쩡하지만 속은 가시투성이로 생겨먹은 눈치처럼 한국의 젊은이들도 겉은 멀쩡하지만 속은 쓸모없이 되어가는 것이나 아닌지 걱정스럽다.

아, 대학. 대학을 그처럼 좋아하는 한국인을 위해서 대학도 의무교육으로 법제화해야 할 날이 올지도 모르겠다. 아무쪼록 한국의 국력이 신장되어서 하루 빨리 그런 날이 오기를 빌어나 보자.

눈치냐 누치냐

하루는 전화가 걸려왔다.

"[그래도 이상한 나라 꼬레]라는 기사에 눈치라는 물고기가 나오던데, 그것은 '눈치'가 아니고 '누치'입니다."

전화의 주인공은 스스로를 낚시광이라면서 또한 이렇게도 말했다.

"누치의 작은 것, 그러니까 35센티미터 이하의 새끼는 적기라고 해요."

이희승 편저 『국어대사전』에 보니, '눈치'는 아닌 게 아니라 '누치'의 사투리로 되어 있고, 누치 항목에 '잉어와 비슷하나 입가에 한 쌍의 수염이 있음.'이라고 풀이되어 있다. 이건 이상하다. 잉어도 분명히 수염이 있는 것으로 아는데……. 아무튼 설명은 더 길어서 옆 줄 위에 눈구멍 크기의 점이 6~9개 있다는 등 장황하다.

옛날에 들은 이야기인데, 영국의 어떤 권위지는 오자나 탈자가 있어 독자가 지적해 주면 많은 사례금을 주었다고 한다. 그만큼 완벽해 신문사가 자신을 갖고 있다는 것이다.

그런가 하면 일부러 오자, 탈자에 신경을 안 쓰는 신문도 있다나. 그 이유는 독자를 기쁘게 하기 위해서란다. 독자가 읽다가 그런 잘못을 발견하면 '짜아식들, 맞춤법도 하나 모르고……' 하고 어떤 우월감을 갖게 되기 때문이라나.

하기야 우리도 거리를 걷다가 잘못된 간판을 보면 '짜아식들'하는데 뭐, '눈치'가 그런 깊은 뜻이 있어 그랬던 건 아니고, '프랑스 사람'의 애교로 봐 주시라고 그대로 뒀던 겁니다. 미안해요.

전 국민이 박사가 되어 돈을 벌고 출세를 하고 유명해진다는 것은 좋은 일이다. 빠른 시일 내에 그런 것을 얻을 수 있다면 얼마나 좋을까? 그래서 모두들 천재를 부러워하고 천재가 되고 싶어 한다.

한국인은 아주 우수한 민족이고 천재적인 인물이 많기로도 유명하다. 그러나 개중에는 비정상적으로 천재적인 사람이 많아서 말썽이 되기도 한다,

어느 사회건, 어느 국가건 건전한 사고 방식과 건실한 생활 태도를 가진 사람이 많을수록 안정과 번영이 보장된다.

그러나 윤리 의식도 책임감도 사명감도 없는 사람이 많을 때, 더욱이 그런 사람들 중에 천재적인 인물이 많을 때, 그 사회나 국가의 미래는 어떻게 될 것인가? 머리는 좋지만 부도덕한 사람들이 지도자의 자리에 버티고 앉아 있다면, 건전한 질서를 바랄 수 있겠는가?

한때 이 나라의 쟁쟁한 엘리트 중에 가짜 박사가 있다는 것이 밝혀져 물의를 빚은 적이 있었다. 그러나 그것이 지난 날의 이야기가 아니라, 요즈음에도 버젓이 일어나고 있다는 데에 문제의 심각성이 있

다고 할 것이다.

학문의 성과를 집약해야 할 졸업 논문이나 박사 논문을 돈을 주고 대필을 시키고, 돈을 받고 대필을 해 주고, 그 논문이 버젓이 통과된다고 하니, 이 나라의 최고 지성인들이 갖고 있는 가치관이 어느 정도로 유치한가를 알고도 남음이 있다.

그렇다면 돈으로 모든 것을 해결하려는 사고방식, 돈을 버는 일이라면 무엇이든 해 주겠다는 사고방식이 지성인 사회에도 팽배해 있는 것이 아닌가?

가짜 식품, 가짜 화장품은 오히려 애교로 봐 줄 만하다. 가짜 녹용, 가짜 다이아몬드는 골빈 사람들에게 경종이라도 울려 주었다.

그러나 가짜 학자, 가짜 석사, 가짜 박사가 버젓이 행세하는 풍토에 대해서는, 아무리 너그럽게 보아주려 해도 눈살이 찌푸려지는 것을 어쩌랴.

심지어 어느 대학원에서는 가짜라는 증거가 있는 논문 제출자에게, '강단에 서지 말 것'이라는 단서를 붙여 통과시켜 주었더니, 박사 학위를 얻자마자 다른 대학 교수로 재빨리 취직을 하더라는 이야기도 있다. 박사 논문에 단서를 붙여 통과시킨 그 사람의 적당주의가 어쩌면 더 한심스러운지도 모른다.

눈치로 대학에 들어가서 가짜 논문으로 학위를 받은 가짜 엘리트들이 과연 사회에 나와서는 어떤 궁리를 할 것인지 생각만 해도 소름이 끼친다. 벼룩도 낯짝이 있다는 말이 있기는 하지만, 이런 사람들일수록 염치가 없는 법이니 세상은 더욱 무서워지는 것이다.

왜 이런 현상이 일어나는지, 누가 책임을 져야 하는지 나는 모른다. 인간은 기본적으로 인간이 되어야 한다든지, 교육이나 학문이란 자기 자신은 물론이고 사회에 대해서도 책임을 질 줄 알아야 한다든지, 아무리 좋은 말을 해 보았자 소용이 없다. 내용보다는 형식, 실력보다는 간판, 성실성보다는 요령, 인격보다는 돈, 노력보다는 한탕…… 끝없이 계속될 것만 같은 이런 비합리성을 나열해 보아야 소용이 없다.

황당하게 들리겠지만, 이런 가짜 엘리트를 없애는 방법으로 초등학교를 졸업하면 학사 학위, 중학교를 졸업하면 석사 학위, 고등 학교를 졸업하면 박사 학위를 수여하는 것은 어떨까?

전 국민이 학사 이상의 학위를 갖게 된다면, 누가 대학을 가고, 누가 박사가 되려 하겠는가?

만일 뜻있는 분이 계시다면, 전 국민 박사화 운동을 벌여 보시는 건 어떠신지?

팁이 없는 나라

부자는 팁도 많이

한국은 원칙적으로 노팁(No tip)의 나라라고 한다. 프랑스는 세계에서도 팁제도가 가장 발달한 나라로서 카페의 가르송(급사)이나 호텔의 도어 보이 중에는 아직도 급료없이 팁만으로 살아가는 이색 직업인들도 있다.

프랑스에 온 동양인이 쌩뜨노레 가의 유명 점포로 몰려가는 모습은 파리의 명물이 되다시피 되었지만, 보통 프랑스인은 결코 그런 점포에서 물건을 사지 않는다.

파리에서는 싸구려 기성복에 싸구려 구두를 신은 남자가 고급 라이터로 고급 담배에 불을 붙이는 장면은 거의 상상할 수도 없는 일이다.

부인들의 경우, 헤르메스의 가방을 갖고 있으면 옷과 구두와 그밖의 장신구도 전부 고급으로 갖추지 않으면 밸런스가 맞질 않는다. 따라서 집과 차도 고급으로 갖추지 않으면 안 되기 때문에 대부분의 사람들이 일류 명품을 사지 않는다.

사려고 마음만 먹으면 살 수 있는 사람은 많겠지만, 살 수 있는 것과 실제로 사는 것과는 별개다.

롤스로이스를 살 수 있는 재력을 가진 사람이 롤스로이스를 사지 않는 것은, 그 차를 타고 레스토랑에 가면 팁도 롤스로이스 값에 비례해서 많이 내지 않으면 안 되기 때문이다.

헤르메스 핸드백을 사지 않는 이유도 마찬가지다. 그 백을 든 부인이 보통이나 보통 수준 이하의 팁을 지불하면 '구두쇠'라는 이야기를 듣게 될 것을 알고 있기 때문이다.

롤스로이스 족이나 헤르메스 족이 기차나 비행기를 타려면 일등에 타지 않으면 안 되고, 레스토랑에 가면 몇 십 년 묵은 와인을 주문하고 고급 꼬냑을 마셔야만 된다.

롤스로이스를 타고 햄버거를 주문하면 노랭이 부자라는 말을 들어도 할 말이 없다. 그것이 싫어서 롤스로이스를 사지 않는 것이다.

어떤 해외 여행 안내서에는 호텔의 포터에게 주는 팁이 화물 하나에 25센트 내지 1프랑이라고 되어 있다.

만약 미국이나 프랑스의 일류 호텔에서 안내서에 쓰인 대로 한다면, 포터는 '땡큐'나 '매르시'도 하지 않고 어깨만 으쓱하고 사라질 것이다. 일류 호텔이라면 1불이나 5프랑 정도는 주어야 될 것이다.

롤스로이스, 헤르메스, 일류 호텔 등과 같이 팁의 금액도 연동하기 때문이다. 특히 유럽 쪽은 이러한 연동에 의하여 성립된 사회라는 것을 항상 머릿속에 새겨두지 않으면 안 된다.

한국의 팁

팁이란 제도는 인간이 화폐를 사용하기 시작한 이래의 지혜이다. 따라서 한국과 같은 역사가 깊은 나라에 그런 관습이 없으리라고는 생각하지 않았다.

나의 직감은 들어맞았다. 한국에는 '팁'이라고 하는 외국에서 흘러 들어온 단어만 없을 뿐, 그런 행위는 엄연히 존재한다는 사실을 알고 안도했다. 하지만 유럽과는 달리 팁의 대상이 분명하게 정해져 있지 않기 때문에 오랜 시간 체류한 지금도 당황할 때가 있다. 말하자면 양식 레스토랑에서는 필요 없지만, 요정이나 살롱의 아가씨에게는 반드시 꾸어야만 되는 모양이다. 그것도 도저히 상상할 수 없는 정도의 액수로…….

그런가 하면 공항의 포터처럼 운반비가 책정되어 있는 경우도 있다. 이 방식은 일반 소비세와 비슷하여 손님의 빈부 차이와는 상관없이 일률적으로 징수하기 때문에 부자에게는 많이, 빈자에게는 적게라는 팁의 원칙과는 다르다.

물론 유럽에서도 서비스료를 10퍼센트 내지 15퍼센트라고 일률적으로 계산하는 곳도 있지만, 부자는 거기에다가 팁을 더 얹어준다.

그래서 고급 점포에서는 절대로 서비스료를 계산하지 않는다. 그것보다는 팁이 훨씬 많은 수입이 되기 때문이다.

나는 한국에서 기차 여행 중에 식당차에 들른 적이 있다. 이 나라에 팁제도가 확립되어 있었더라면 종업원들의 태도가 훨씬 더 나았을 것이라는 생각이 들었다. 택시의 경우도 마찬가지로 팁을 지불한다고 하면 훨씬 친절하리라 믿는다.

손님으로부터 약간의 애무를 당하고, 담배에 불을 붙여주는 정도로(?) 정해진 요금 이외의 서비스료를 받는 아가씨에 비하면, 진정한 의미의 서비스업에 종사하고 있는 사람들은 부당한 대우를 받고 있음에 틀림없다.

이 문제는 한국의 호텔, 레스토랑, 택시 등의 업계 관계자들이 신중히 검토하여야만 한다고 생각한다.

목구멍이 포도청

외국 골프장에서 있었던 일이다. 거래처 사람과 그곳의 고급 관리와 함께 골프를 하는 도중이었다. 그 때 한국에서 함께 간 일행이 긴장한 듯이 말했다.

"조금 전에 장관님도 오셨던데, 인사를 드려야 하지 않을까요?"

그 말을 듣고도 그 관리는 별 표정없이 경기에만 열중하고 있었다. 멋진 스윙을 하고나서는,

"나는 내 일을 합니다. 그리고 지금은 쉬는 중이죠."
한국 친구는 의외라는 표정이었다. 한국인 중에 과연 그렇게 말할 수 있는 사람이 몇 명이나 있을까?

인사 같은 거 아무려면 어떠냐, 놀땐 끼리끼리 노는 것이고, 일할 땐 열심히 일하면 되고, 나는 나대로 전문 분야가 있다. 나는 내가 하는 일에서는 누구에게도 뒤지지 않는다. 높은 사람이라고 해도 일 이외의 경우에 나를 방해할 수는 없는 거야…… 하는 표정이었다.

나는 한국의 관리들이나 기업체 사람들을 많이 알고 있다. 그러나 외국의 그 관리처럼 배짱(?) 있는 사람은 별로 보지 못했다. 일에 대한 자신감보다는 인간적인 일[능력]에 더 많은 관심을 보이고 있었다.

그것은 능력이나 경험보다도 인맥이 더 중요하고, 인사성이 밝아야 한다는 것을 알고 있기 때문일 것이다. 내 친구도 '유감스럽지만' 그 점을 인정했다.

한국에서는 능력 있고 소신 있고 경험도 많은 전문가가 하루 아침에 모가지가 잘리는 경우가 많고, 그래서 때로는 웃지 못할 해프닝도 벌어진다고 한다.

어떤 대기업이 신제품 개발 경쟁에서 중소기업에 계속 뒤지고 있었다. 그 회사의 간부가 호통을 치면서 그 작은 회사의 기술자를 스카우트 하라고 엄명을 내렸다.

그러나 우습게도 작은 회사의 전문가들은 일 년 전에 그 대기업에서 모가지를 친 바로 그 사람들이었던 것이다.

이와 비슷한 일은 사람이 모인 단체면 어디서나 비일비재하기 때문에 대부분의 사람들은 '목구멍' 탓을 하면서 요령과 인사 치레에만 급급하다는 것이다.

목구멍이 포도청이니 어쩔 것인가.

그래서 이 나라에는 테크노크랫(Technocrat)이란 말은 있어도 진정한 전문인은 드물다고 한다. 윗사람 마음에 안 들면 수시로 갈아치우기 때문에 전문가가 생길 틈이 없다는 것이다. 단지 전문가 비슷한 눈치 빠르게 비위 잘 맞추는 유사 전문가(?)는 있다는 말이다.

나는 어떤 나라의 문화나 전통에 대해서 왈가왈부하려는 것이 아니다. 한국과 비슷한 후진성을 가진 나라가 한 둘이 아니고, 그 나라들에 대해서 내가 나쁜 감정을 가질 이유가 어디에 있겠는가?

단지 걱정스러운 것은, 나의 사랑하는 한국이 전문가를 양성하지 않음으로 해서 경쟁 국가에 대해서 이적행위를 하게 되지나 않을까 하는 점이다.

말로는 인재를 키워야 하고, 고급 두뇌를 양성해야 하고 일은 곧 사업이라고 하면서도, 입과 마음이 일치하지 않으니 그것이 문제로다.

그래서 어떤 사람은

"대가리만 바뀌면 추풍낙엽이라니까……."

하면서 비 맞은 중처럼 혼자 무언가 중얼거리는 것은 아닌지…….

좋은 자리

내가 아는 중역 한 분이 자리를 옮겼다.

지금까지 맡고 있던 업무와는 좀 거리가 있지만, 주위 사람들은 대단한 영전이라고 말했다.

어떤 조직체이건 속칭 좋은 자리와 나쁜 자리가 있기 마련이다. 그러나 문제는 좋다, 나쁘다는 기준을 어디에 두느냐에 따라 상황은 달라진다. 그 조직체의 핵심 브레인으로 발탁되어 미래가 보장되는 경우도 있다. 또 전문가로서의 실력이 인정되어 적소에 배치되는 수도 있다.

때로는 실력이나 경력과는 관계없이 주요 부서를 맡게 되는 경우도 있다. 그런 자리는 누구나 탐을 내기 마련이고, 그 때문에 조직체가 발전하는데 활력이 되기도 한다.

그러나 어떤 사람은 '좋은 자리'는 '돈이 생기는 자리'라고 말한다. 나는 그 말을 듣고 어리둥절하지 않을 수 없었다. 무료봉사자가 아니라면 돈이 생기지 않는 자리가 어디 있겠는가?

누구나 기본적인 급료나 상여금을 받기 마련인데, 굳이 돈이 생기는 자리라고 표현할 필요가 없겠기에 말이다.

내가 아는 그 중역이 대단한 영전을 했다고 했을 때, 일부 사람들이 생각하는 것처럼 그 자리가 돈이 생기는 자리인지 어떤지는 알 수 없었다. 단지 나는 그 분이 엘리트 코스에 들어섰다고만 생각했다. 물론 그 자리가 엘리트 코스인지 아닌지에 대해서도 잘 모른다.

그러나 갑자기 많은 사람들이 그 분에게 인사를 드리기 위해 몰려들고 축전과 전화가 쇄도했다는 말을 듣고, 나는 또 한 번 어리둥절했다. 평소에 별로 친분이 없는 사람들조차 가까운 사이임을 과시하기 시작했고, 그 분도 갑자기 목에 힘을 주기 시작했다.

세상이 갑자기 변해 버린 듯한 느낌을 받은 나는, 그 자리가 도대체 어떤 자리냐고 물어보았다. 대답은 대단한 이권과 관련 있는 돈방석 자리라는 것이었다.

이권이란 말 자체도 문제지만, 설사 금전적인 일과 관계가 있다 해도, 돈방석이란 표현은 도무지 이상한 말이 아닌가? 조직체를 위하여 이익이 되는 쪽으로 일을 처리한다면, 도대체 이권이란 말이 왜 필요한가? 자기 일에 대한 소신이 분명하고 원리원칙에 입각해서 업무 처리를 한다면 돈방석이란 말은 전혀 어울리지 않는 말이 된다.

'염불에는 마음이 없고 잿밥에만 맘이 있다.'는 한국 속담처럼 좋은 자리란 것은 흑심을 품은 사람이 치부를 할 수 있는 곳이기도 하고, 실제로 그런 일이 일어나고 있는 곳인지도 모르겠다.

돈으로 사람이나 자리를 평가하는 버릇은 황금 만능주의 때문에 생겨난 것이겠지만, 만일 부정이나 부패의 온상이 되는 자리를 좋은 자리라고 한다면, 이 나라의 가치 기준은 오로지 돈 밖에 없다고 생각된다. 기업체 사람이건 공무원이건, 돈이 생기는 자리를 좋은 자리로 생각하는 한, 이 나라에 양심과 사명감이 설 자리는 영영 없어지고 말 것이다.

미국의 닉슨 대통령이 유업 메이커로부터 36만 달러를 뇌물로 받은 후, 농업담당 보좌관이 결정한 안을 철회시키고 우유 가격을 올림으로써 국민들에게 몇 십억 달러의 손해를 입힌 것도 좋은 자리에 있었기 때문에 가능했던 일이지만, 한국의 좋은 자리에 계신 분들 중에는 제발 그런 분이 아예 없기를 비는 마음 간절하다.

나 역시도 한국을 사랑하고, 한국의 장래에 대해서 깊은 관심을 가지고 있기 때문에 괜한 기우에서 한 번 해보는 소리다.

삥땅에 관한 연구

늦게까지 술을 마시게 되는 날은 회사 승용차는 미리 들여보내고 택시를 이용하는 일이 많은데, 택시 운전사와 이야기를 나누다보면, 재미있는 사실을 알게 되는 경우가 많다. 여러 사람을 태우다보니 본의가 아니더라도 별의별 이야기를 다 듣게 될 것은 분명하다.

바로 어제의 일이었다. 택시 정류장에서 한참을 기다린 후에야 겨우 내 차례가 와서 올라탔다. 운전사가 뒤를 돌아보았다. 나는 행선지를 말했다. 차를 출발시키고 나서도 운전사는 거울을 통하여 계속 나를 흘끔흘끔 관찰하고 있었다. 처음 외국인을 본 것도 아닐텐데…… 내 관상을 보는 것 같았다.

그러다가 차를 길가 쪽으로 붙이며 속력을 늦추었다. 그러면서 오른 쪽 앞 유리를 조금 내려놓았다. 쌀쌀한 날씨에 굳이 창유리를 내린 이유는 무엇일까? 서양사람 냄새가 싫어서 환기를 하려는 것인가?

그게 아니었다. 바깥에 있는 사람과 이야기하기 위해서였다. 그 운전사는 바야흐로 '합승'을 하기 위한 준비 태세를 갖추고 있었던 것이다. 내 관상을 보아하니 별 잔소리도 없을 것 같고(?), 이런 기회에 부수입 좀 잡자고 합승을 위한 예비 동작으로 들어간 것이다.

"합승, 안 됩니다."

내 말은 들은 운전사는 의외라는 듯 뒤를 돌아보았다. 관상을 잘못 보았다는 실망 때문인가? 외국인이 한국말을 하고 합승이 금지되어 있다는 것까지 아는 것에 놀란 것일까?

"합승 좀 하면 안 됩니까?"

운전사는 쑥스러운 듯 말했다.

"분명히 금지되어 있는 줄 아는데요."

"합승을 안 하려 해도, 마누라가 난리를 치거든요."

"합승을 하는지 안 하는지, 부인이 그것을 어떻게 알지요?"

"수입이 이웃 집과 차이가 나거든요, 이웃에 사는 운전기사는 합승을 해서라도 가외 돈을 가져오는데, 저야 월급 밖에 가져오지 못하니 무능하다는 거지요."

월급 밖에 가져오지 못하면 무능하다고 말한다는 그 사람의 아내 얼굴을 한 번 똑똑히 보고 싶었다.

"어디 저 뿐인가요. 모두들 삥땅할 데가 없나? 하고 야단들이지요. 그러니 저도 합승 좀 해야 하지 않겠어요?"

나는 운전사가 혼자 떠드는 소리를 듣고만 있었다.

아주 오래 전에 전해 들은 이야기인데, 어떤 버스 회사에서는 안내양들을 발가벗겨 놓고 몸수색을 할 정도로 삥땅 방지책에 골몰하고 있다는 기사가 생각났다. 모두들 삥땅할 데가 없나 하고 야단들이라면, 한편에서는 그 모두에 대한 삥땅 방지책을 연구하지 않으면 안 될 것이다.

어떤 이는 범죄가 세상을 발전시킨다고 말했다. 범죄를 방지하기 위한 새로운 법이 생기면, 그 법을 피해 가기 위한 더 지능적인 방법이 개발되고, 그 지능범을 잡기 위한 더 강력한 법을 만들면 또 그 법을 피해 가려는 더 고도의 지능범이 생기고…… 끝없이 돌고 도는 '뫼비우스의 띠'와 같다고나 할까?

그래서 삥땅을 하려는 사람의 머리 싸움이 세상을 발전시킨다는 이론도 나오게 되는 것이다.

한국에서 사업을 시작하려던 어떤 외국인은 이 삥땅 의식을 잘 몰랐기 때문에 실패하고 말았다는 이야기를 들은 적이 있다.

한국에서 부자가 되려면 모름지기 삥땅을 잘 하거나 삥땅을 잘 막아야 하고, 그 삥땅 시스템(?)을 잘 이용해서 적당히 뇌물을 쓸 줄 알아야 한다고 하니까, 나도 한국에서 성공하기 위해서 삥땅에 관한 연구(?)를 본격적으로 해볼까 검토하는 중이다.

식당의 서부극

내가 처음 한국에 부임했을 때였다. 식당에서 나는 곧잘 이상한 광경을 목격하였다. 서부극의 한 장면처럼 식당 카운터 앞에서 남자들이 서로 밀고당기는 싸움질을 하는 것이었다.

나는 어리둥절해 했지만 아무도 놀라지 않았다. 서부극이라면 모두가 탁자를 밀어제치고 두 사람의 결투를 지켜보아야 한다. 그런데 아무도 눈여겨보는 사람이 없었다.

"저 사람들 왜 싸우지요?"

나는 약간의 공포감마저 느끼며 물었다. 나의 한국인 친구는 빙그레 웃었다. 배짱이 두둑한 서부의 보안관처럼 늠름하게 보였다.

나도 이제는 늠름한 보안관처럼 되었지만, 서로 음식 값을 지불하겠다고 싸우는 줄이야 어찌 상상이나 했겠는가!

유럽에서는 자기가 지불할 것을 전제로 손님을 초대하지 않았다면, 먹고 싶은 대로 먹고, 먹은 만큼 자기 몫만 지불하면 된다. 그래서 한국 사람들은 유럽인을 쩨쩨하다고 할는지도 모른다. 한국인은 모두가 부자여서 그런 것이 아니라, 정말 대접하는 것을 즐기는 민족인 모양이다.

요즘은 젊은이들 사이에서는 더치페이(Dutch treat)로 식사를 하거나 술을 마시는 경우가 늘고 있다고 한다. 민족성도 좋고, 관습도 좋지만 한국인은 좀 더 합리적일 필요가 있다고 생각한다. 그래서 어떤 사람은 일년 내내 점심 값을 지불하지 않고도 굶지 않는다는 것이다. 그런 얌체가 살아갈 수 있는 사회라면 너무 불공평하지 않은가!

평등이야말로 한국인이 주장하는 민주정신이 아닌가! 역시 한국인은 참으로 너그러운 민족이다.

다시 식당으로 돌아가자.

얼마 전 외국인 친구와 어떤 갈비집에 간 적이 있다. 식사를 하는 도중에 실례를 하겠다며 이 친구가 자리를 떴다.

잠시 후에 이 친구가 다시 돌아와서는, 아주 미안하다고 사과를 하며, 이 집에 화장실이 어디 있는지 좀 가르쳐 달라는 것이었다.

그럴 리가 있나?

서울에서도 이름난 집이요, 정원이랑 실내 장식도 고급으로 꾸민 집이요, 바가지라고 생각될 정도로 값도 비싼 집이요, 영양을 섭취하는 장소를 고급으로 꾸몄다면, 배설하는 장소도 고급으로 꾸몄을 것 아닌가.

화장실을 너무 고급 문으로 치장을 하여 찾지 못했을 지도 모른다.

아니 '화장실'이라고 한국말만 씌어있고, W · C[Toilet], 실크 햇(신사의 모자) 표시가 없었는지도 모른다. 아니면 종업원이 외국어를 몰랐는지도 모른다.

내 머리 속에서는 그 짧은 순간에도 번개처럼 여러 가지 가능성을 가늠해 보고 있었다. 그러나 가늠해 보아야 소용이 없다. 지금 이 친구는 급한 사람이다.

나는 동행하여 한국의 한옥을 보여주기로 했다. 그까짓 것쯤은 식은 죽 먹기로 찾아낼 수 있는 실력이 나에게는 있었던 것이다.

물론 금방 찾아냈다. 그런데 문제는 그게 아니었다. 이 친구는 '큰 것'을 보고 싶은데 '작은 것' 밖에 없었던 것이다.

만일 있었다고 하더라도 이 집 주인의 머리통으로 생각해냈다면 고작 재래식 변기 정도를 설치하지 않았을까? 서양인이 어쩌다가 쪼그리고 앉아야 하는 재래식 변기를 보면 좋은 관광은 될 것이다.

이래저래 한국은 관광 자원이 풍부한 나라라고 목소리를 높일 것이고……. 고급 식당이 이 정도면, 그 다음은 볼 것도 없다.

엿장수 마음

내가 아는 어떤 회사 중역은 요즘 걱정이 태산 같다. 원래 신경과민이어서 깊은 잠을 자지 못하는 편인데, 강변 도로 안쪽으로 또 다른 찻길이 날 예정이기 때문에 아예 잠자기는 틀린 것이 아니냐는 것이었다. 소음 때문에 아파트 값이 떨어지는 것은 말할 것도 없지만, 잠을 잘 수 없는 점이 더 큰 걱정이라는 것이었다.

그런 걱정 끝에 '이건 마치 엿장수 마음대로란 말이야!' 하는 것이었다.

나는 그 말이 무슨 뜻인지 알 수 없었다. 엿장수가 무엇을 어쨌단 말인가?

옛날부터 이 나라에는 캔디나 사탕이나 초콜릿이라는 것이 생기기 전에 당분을 제공해 준 '엿'이라는 것이 있었는데, 널찍한 목판에 엿을 편편하게 펴놓고는 물물 교환으로 엿장수 마음대로 잘라서 팔았다고 한다.

수저 부러진 것, 헌 냄비같은 쇠붙이 종류나 헌 옷가지나 고물을 가져가면 적당한 값을 쳐서 엿을 잘라 주는데, 가져온 물건 값도 엿장수 마음대로 정하고, 엿을 자를 때도 엿장수 마음대로 양을 정한다는 것이다.

마음이 내키면 더 줄 수도 있고, 현금으로 같은 10원을 내도 잘라내는 양은 엿장수 마음대로라는 것이었다. 그러니 엿장수 하기가 얼마나 쉽고 재미있었겠는가는 가히 짐작하고도 남는 일이다.

폭리도 마음대로 덤핑도 마음대로였으니 얼마나 신나는 장사겠는가? 그러면서도 엿장수로 재벌이 된 사람이 없다는 것은 이상한 일이다.

그러나 이건 어디까지나 내 생각이고, 그 분이 엿장수 마음대로라고 한 것은 엿을 잘라내는 과정을 말하는 것이었다.

엿을 자를 때, 어떤 위치에서 자르느냐에 따라서 엿의 양이 많아지기도 하고 적어지기도 하니, 아주 즉흥적으로 위치를 잡기 때문에 침을 꼴깍꼴깍 삼키며 숨을 죽인 체 바라보게 되는데, 때로는 '옜다, 더 먹어라.' 하면서 인심을 베푸는 때도 있다는 것이다.

재수 좋은 날은 칼날이 엿을 두툼하게 잘라내고, 재수 없는 날은 얄팍하게 잘라내는데, 도시 계획 단계에 줄을 어떻게 긋느냐가 꼭 엿장수 칼질 같다는 불평이었던 것이다.

미리 충분한 계획을 세워서 백 년, 이백 년 앞을 내다보고 줄을 긋는 것이 아니라, '옜다, 이 정도면 되겠지!' 하는 식으로 그었다가 다시 생각이 바뀌면 또 다시 그을 수도 있다는데 대한 불평이었다.

한국에는 '백년대계'라는 말은 있지만, 진짜 백 년을 내다보는 계획은 어디에 있는지 궁금하다.

나는 그 말을 들으면서 고국의 오래된 거리를 생각하고 있었다. 한국의 새 길이나 새 건물에 비하면 확실히 낡고 비현대적인 면도 있지만, 프랑스의 옛날 사람들은 그때 이미 백 년, 이백 년 뒤를 생각하고 있었음을 알 수 있다.

그러나 아직도 그때 개발한 도시 계획이 재기능을 다 하고 있다는 것은 프랑스 사람들의 우직함을 드러내는 것인지도 모르겠다. 실업자가 늘어나고 있는 이 때에 집을 허물고, 길을 다시 내고, 새로 수리를 한다면 얼마나 높은 고용 효과가 나타나겠는가?

그런 면에서는 확실히 한국인이 현명한지도 모르겠다. 단지 이상한 것은 세금이 이중, 삼중으로 낭비되어도 이 나라 사람들은 눈 하나 깜짝하지 않는다는 점이다.

봉투

내가 아는 부장님의 부인은 아름답고 착실하기로 소문난 분이다. 그 분의 생활 신조는 착실하고 실력껏 살아야 한다는 것이다.

그러나 요새 그 분에게 고민거리가 생겼다고 한다.

초등 학생인 딸애의 성적이 날로 떨어지고 성격도 침울해지기 시작했기 때문이다. 반장 선거에도 입후보해 보았지만 번번이 떨어지기만 하고, 부모에게 불만을 갖기 시작했다는 것이다. 똑똑하고 착하던 아이가 불량 소녀가 될 조짐을 보이기 시작했으니, 과연 걱정거리임에는 틀림이 없다.

그러나 나는 그 다음 이야기를 듣고 놀랐다. 그 모든 것이 봉투 때문에 생긴 일이라는 것이다. 종이 봉투 하나가 무슨 대단한 것이기에 그 분을 그토록 괴롭게 했는가? 나는 도무지 이해할 수 없었다.

그 분의 말에 의하면 선생님께 촌지를 갖다드린 학생과 그렇지 않은 학생 사이에는 큰 차이가 있다고 했다. 자기 아이는 심한 차별 대우 때문에 성격이 비뚤어지고 있다는 결론이었다.

물론 그 부인은 봉투를 드린 적이 없고, 또 그러면 교육적으로 좋지 않다고 믿는 분이었다. 그러나 딸애의 행동을 보고 과연 교육적으로 어떤 것이 좋은 일인지 판단하기 어렵다는 것이었다.

그 때서야 내 둔한 머리에 떠오른 것이 있었다. 교사가 봉투를 받으면, 교장 선생님까지 문책하겠다는 기사가 주먹만한 활자로 지면을 장식하지 않았던가? 그런 깨끗하지 못한 기사가 신문의 톱기사로 등장하는 것을 보면, 한국에는 기사 거리가 부족하거나 그 부인의 고민과 마찬가지로 한국 사회의 큰 문제점이긴 한 모양이다.

앞에서 '한국은 팁이 없는 나라'라고 정의한 바 있지만, 사실 봉투 이야기를 듣게 되면 나의 정의가 잘못되었다는 것을 새삼 깨닫게 된다. 한국에서는 택시 기사나 식당 종업원처럼 어렵게 사는 사람에게는 팁이 없는 나라이지만, 교사를 비롯한 선생님이라 불리우는 지적 엘리트 그룹의 직업을 가진 분들에게는 엄연히 봉투가 존재한다는 사실을 간과했던 것이다.

봉투가 어째서 팁이냐고 물으시면 물론 할 말이 없다. 그러나 병원에서 수술을 집도한 의사에게도 팁을 주는 사례가 비일비재하다는 이야기를 들은 적이 있는 나로서는 촌지도 역시 팁의 일종임에는 틀림이 없다고 믿는다.

굳이 뇌물이 아니라 '사례'나 '촌지'라고 이름을 바꾼다고 해도, 팁의 일종임에는 틀림이 없다. 만일 그 분들이 팁이 아니라고 주장한다면, 오히려 뇌물이 되고 만다.

한국인은 뇌물은 싫어하지만 봉투는 좋아한다.

서비스업의 노동자들보다 더 유복하고 고상한 직업을 가진 분들에게 팁제도가 있다는 것은, 그 고상한 분들이 노동자들보다 직업적으로 더 불쌍하다는 증거인지도 모르겠다. 어려운 사람들의 봉사에 대하여 약소하나마 사례를 하는 것이 팁의 본뜻이라고 볼 때, 잘 사는 사람들을 더 잘 살게 하기 위하여 베푸는 봉투는 팁은 팁이되 'VIP TIP'이라고 불러야 할지 모르겠다. 만일 그것조차 부정한다면 뇌물이 아니겠는가?

여러분 저에게도 봉투 하나 주실 의향은 없으신가요? 저도 약간은 고상한 직업을 갖고 있으니까요.

고지서

결혼 시즌만 되면 나도 바빠진다. 한국에서는 조금이라도 친교가 있는 분의 집안에 결혼식이나 장례식이 있으면, 거의 무조건(?) 참석해야 하기 때문이다.

한국에서는 그런 길흉사를 '큰 일'이라고 부르며 '큰 일을 치를 때' 주위 사람이 발 벗고 도와주는 것이 옛날부터 내려오는 으뜸가는 미풍양속이라고 한다. 사실 큰 일을 치를 때 일손의 부족은 당연한 것이며, 상부상조하는 풍속이야말로 아름답다.

그러나 오늘날의 결혼식에서 무엇을 도울 것인가? 식장에 앉아만 있다가 호텔이나 식당에 차려놓은 피로연에서 먹어주기만 하면 끝나는 것이다. 그래서 돕는 방법이 마음이나 손발이 아니라, 봉투나 현물로 대치되었는지도 모르겠다.

요사이는 무슨 선의의 도움을 준다는 뜻보다도 출세를 위한 교제의 장소로 변질되어 버렸다고 개탄하는 소리도 있다. 출세라면 수단과 방법을 가리지 않는 일부 한국인들의 기상천외한 창의력을 보며, 나는 실로 감탄을 금치 못한다.

그래서 어떤 사람은 사장님 아들의 졸업식장까지 축하하러 간다고 한다.

졸저 『이상한 나라 꼬레』에서도 쓴 적이 있지만, 우리 프랑스인은 친척이나 아주 가까운 사이가 아니면 그런 행사에 별로 열성적이 아니다. 더욱이 신랑 신부의 얼굴은 커녕 이름도 모르는 경우에, 그들의 부모를 만나러(?) 가는 일은 더 더욱 없다.

그러나 한국은 다르다. 조촐한 결혼식만 보아온 나에게는 시장처럼 붐비는 한국의 예식장이라는 것이 아주 생소하기만 했다. 결혼식이란 반드시 참석해야 함은 물론이지만, 봉투도 반드시 지참하고 가야 한다.

내가 아는 어떤 분이 청첩장을 받아들고 '또 고지서가 날아왔군.' 하는 말을 듣고도, 난 무슨 뜻인지 몰라 눈을 껌뻑거리며 멀뚱히 앉아 있었던 때를 생각하면, 지금도 웃음이 난다.

그 분의 설명에 의하면 청첩장이란 '봉투를 가지고 부디 참석하여 주십시오.'라는 뜻이며, 금액이 적혀 있지 않은 고지서와 같다는 것이었다.

가정의례 준칙이라는 것이 있어서 청첩장은 금지되고 있지만, 교묘한 형태로 고지서는 계속 날아든다는 것이다. 그리하여 친교의 정도에 관계없이 출세를 위하여 또는 사업상의 이용 가치에 따라서 봉투의 두께가 달라야 한다고 한다. 그 분은 참석하는 것은 어렵지 않지만, 봉투 속의 금액을 정할 때가 아주 괴롭다고 한다(사실 나도 그렇다).

그렇다면 돈이 없는 사람은 어떤 방법으로 축하해야 할 것인가?

마음이나 몸으로 도와줄 수 없는 판국이니 이래저래 출세 경쟁에서 낙오할 수밖에 없다.

어쨌든 한국의 길흉사는 부모나 상주의 사회적 경제적 지위와 비례하여 규모가 달라진다. 그래서 어떤 분은 봉투를 모아서 아파트를 사셨다나…….

오늘 점심은 좀 비싸겠는 걸……. 나는 가능한 한 피로연의 음식은 빼놓지 않고 먹기로 하고 있다. 맛이야 좀 없더라도 본전 생각을 해야 하니까.

가진 자는 복이 있나니

부와 권위의 상징에는 여러 가지가 있다. 어느 시대에는 소나 말이나 낙타 같은 가축의 수효로 나타나는 경우도 있었고, 많은 여자를 거느리고 있느냐에 따라 결정되기도 했다.

때로는 얼마나 많은 신도를 거느리고 있는가, 얼마나 교세가 당당한가로 결정되기도 했다. 물론 얼마나 많은 종업원을 거느리고 있는가로 판단하기도 했다. 그 모두가 머릿수가 많은 것을 '규모의 메리트'로 파악한 경우다.

얼마 전 일이었다. 외국에서 온 친구가 길가의 큰 건물을 가리키며 무슨 극장이냐고 물었다. 그 건물에서는 마이크 소리도 요란하게 사람 목소리와 박수 소리까지 섞인 열광적인 함성이 울려 퍼지고 있었다. 감동적인 울음소리도 들렸다.

사람들이 계속 몰려들기도 하고 나가기도 했다. 연속 상연 극장처럼 보인 것도 무리는 아니었다. 그러나 그곳은 바로 유명한 교회였다.

나는 교회를 비방할 생각은 조금도 없다. 그러나 '마음이 가난한 자는 복이 있나니……' 하신 말씀에 걸맞지 않게 탐욕과 허영의 상징처럼 높이 솟은 첨탑이 마치 바벨탑처럼 보였다는 것, 그리고 '20만 달러'란 돈이 결코 적은 돈이 아니라는 점을 이야기하고 싶을 뿐이다.

20만 달러란 돈은 '가진 자'들에겐 대수롭지 않을지도 모른다. 그러나 외화를 벌겠다고 동분서주하는 기업체는 물론이고, '마음이 가난한 자'들에겐 눈알이 튀어나올 정도의 큰 돈이라는 것은 말할 필요도 없다.

그런 큰 돈을 협잡배도 아닌 유명한 교역자가 밀반출하려 했다는 데서, 이 나라 종교계의 치부가 드러난 것은 아닐까? 그 일로 구속된 교역자 이외에도 비슷한 혐의로 조사를 받는 목사님도 계시다고 하니까, '종교 재벌'이라고 지탄을 받는 분들 중에는 더 많은 혐의자가 있을지도 모른다. 이번 사건은 어쩌면 빙산의 일각에 지나지 않는지도 모른다.

어떤 목사님은 변두리 달동네에서 그야말로 마음이 가난한 자들을 위하여 불철주야 기도하고 있는데, 어떤 분은 세계 최대의 교회를 짓기 위하여 혈안이 되어 있다면 하나님은 과연 누구를 위한 하나님인가?

『천로역정』으로 유명한 존·번연은 가난한 자에 대한 복음을 주장했다는 이유로 투옥되기도 했지만, '허영의 시장', '환락의 산'에서 부패와 타락의 길을 헤매고 있는 일부 교역자들이야말로 종교를 '제5차 산업'으로 분류한 어떤 경영학자의 신봉자들인지도 모를 일이다.

종교를 빙자한 고급 사기꾼들 때문에 참으로 헐벗고 굶주린 자들을 위하여 고생하는 분들께 누가 미친다면, 이 나라 종교계나 신도들에게 더 이상 큰 불행이 또 어디 있겠는가?

입으로는 '마음이 가난한 자는 복이 있나니' 하고 설교를 하면서도, 마음속으로는 '재물이 많은 자는 복이 있나니……' 하는 식으로 기도하고 있다면, 신자들의 마음속에도 어쩔 수 없이 '가진 자는 복이 있나니……' 하는 믿음이 생겨나기 마련이다.

이심전심은 불교에만 있는 것이 아니다. 모든 인간 세상사에 있다.

그러니 이 나라 사람들의 마음속에 '가진 자는 복이 있나니' 하는 믿음이 많다고 해도 조금도 이상한 일은 아닐 것이다.

목욕이나 갑시다

사람과 사람의 친밀도를 측정할 때, 서로가 어느 정도로 맨살을 드러낼 수가 있느냐에 따라 판단할 수 있다고 하는 감당도, 이해도 하기 어려운 이야기를 들은 적이 있다.

그 말이 옳건 그르건, 친밀도 1위는 물론 부부나 애인 사이일 것이다. 그들은 단지 노출만으로 그치지는 않으니까…….

만일 그 설이 옳다면, 2위는 누드스트 캠프의 나체족이나 [illegible] 탕의 손[illegible] 것이고, 3위는 아프리카 오지의 원주민들일 것이고(가[illegible] 가렸으니) 4위는 해수욕장이나 수영장의 손님들일 것이고(가운데와 가슴만 가리면 되니까), 그 다음은 글쎄…… 어디쯤에서 끝이 날지 모르겠다.

그런데 한국의 기업가 중에도 그 설을 믿는 사람이 적지 않게 늘어 가고 있다.

전에는 서로의 친밀도를 높이기 위하여 소위 교제를 할 때는 '한

잔'하는 것이 보통이었지만, 요사이는 '목욕이나 갑시다' 하는 경우가 많아졌기 때문이다. 물론 그 분들의 목욕 권유에도 일리는 있다. 술은 건강을 해치지만, 목욕은 피로도 풀어 주고, 체중도 줄여 주고, 휴게실에서 느긋하게 쉴 수도 있고, 위생에도 좋고, 아주 상쾌한 '만남'이 될 수도 있다.

어떤 사장님은 거의 매일 사우나를 하고, 때를 밀고, 마사지를 하고, 머리를 다듬는 습관을 가지고 있다. 때를 밀거나 마사지를 할 때는 능숙한 기술자가 서비스해 준다(한국은 때 미는 전문가가 따로 있는 나라이다).

그 분의 설에 의하면 사우나에서 땀을 빼고, 때를 밀고, 마사지를 하면 운동보다 체중 조절이 훨씬 잘 된다고 한다. 땀을 뻘뻘 흘리며 테니스를 하는 외국인을 보고 '저렇게 힘든 일을 왜 하인에게 시키지 않고 직접 하느냐?'고 걱정하신 분이 계셨던 나라이니, 수긍이 안가는 것도 아니지만, 그렇게 운동조차 하기 싫은 분이 어째서 귀찮은 사업은 하시는지 묻고 싶을 정도였다.

그런 분이 근무 시간 중에 고급 목욕탕(호텔이나 여관일 때도 있다)에서 남의 물건을 훔쳐보기도 하며, 외설스런 농담도 해가며, 때로는 휴게실에서 사교 노름도 해가며, 때로는 아리따운 아가씨의 서비스를 즐기기도 하며, 사업적인 친밀도를 더해 가는지도 모르겠다. 그래서 서로 친해지기 위해서는 함께 못된 짓도 해보아야 한다는 설도 꽤나 신빙성이 있는 모양이다.

한국의 기후는 상쾌할 정도의 온대성이기 때문에 고온 다습한 열대

지방처럼 매일 목욕할 필요가 없는 나라인데도 왜 이상한 청결벽을 가진 사람이 늘어가는지 모르겠다. 마음의 때가 많아서 심리적인 반동 현상이 생긴 것일까?

아니면 고급 목욕탕을 무슨 대단한 스테이터스 심볼이나 사치 정도로 생각하는 것일까?

미국이라는 곳은 유럽과 달리 욕실없는 호텔이나 간단한 샤워 시설조차 없는 가정은 미국적이 아니라고 할 정도이다.

그 사장님은 샤워가 습관화되어 있는 미국인의 생활을 너무 지나치게 흉내내는 것은 아닌지 걱정스럽기조차 하다. 샤워 정도가 아니라 매일 때를 밀어낸다는 것은, 피부 건강에 오히려 해로울지도 모르기 때문이다.

우리 유럽인은 피부가 건강하기 때문은 아니지만, 목욕을 자주 하는 편은 아니다.

그런 코쟁이(서양 사람)들에게 만날 때마다 목욕을 권한다면 기분이 어떻겠는가? 우리에게 목욕이란 매우 개인적인 것이며 대륙적인 기후 탓에 미국인이나 일본인처럼 목욕광이 될 필요는 없다고 생각한다.

더욱이 나는 온천지대로 목욕 관광을 가는 무리를 보면, 이 나라의 부유층들은 아마 마음에나 몸에 때가 많거나, 심지어 피부병까지도 갖는 있는 것이 아닐까 하고 생각하게 된다.

내가 친구들과 함께 온천장에서 로마시대의 대욕탕 같은 커다란 풀 속에 타인과 함께 벌거벗고 들어간 것은 처음이었다. 물 위에 머리만 내놓고 황홀한 표정을 짓는 주위 사람들의 모습은 정말 경이롭기 그지없었다.

나는 황홀하기는커녕 물이 너무 뜨거워서 비명을 지를 지경이었다. 우리들 프랑스인은 적당히 따뜻한 물로 욕조를 채우고, 물 속에 들어간 후에 더운 물을 추가하는 것이 보통이다. 그러니 섭씨 40도 정도의, 아니 때로는 그 이상의 뜨거운 물속에도 유유히 앉아 있는 이 나라 사람들을 어찌 존경하지 않을 수 있겠는가?

우리 서양인들이 조그마한 개인용 욕조에서 미적지근한 물로 목욕하는 것을 보고 쩨쩨하고 겁이 많은 종족이라고 하는지도 모르겠다. 그리고 서양에서는 온천의 물은 약수로 생각해서 애지중지하며 마시기만 하는 것으로 되어 있다.

어떤 재벌의 마나님은 우유로 목욕을 한다지만, 약물로 목욕을 하고 함부로 끼얹어 가며 때를 미는 이 나라 사람이 볼 때 애지중지하며 마시는 종족이 얼마나 쩨쩨해 보이겠는가!

한국 사람들은 남녀노소를 불문하고 통이 크고 대범하다. 약물도 아끼지 않고, 뜨거워도 호들갑을 떨지 않고, 느긋하고 여유만만한 자세로 시종일관한다.

아마도 한국 사람들은 널찍한 욕탕에서 느긋한 기분으로 사업 구상을 하고, 벌거벗은 채 교제를 하고, 그러한 느긋한 구상과 허심탄회한 교제술 속에 고도 성장의 비밀과 자신감이 숨어 있을 것이다.

4

너무나 한국적인 것들

영어 할 줄 아세요?

오랜 전의 이야기지만, 어떤 박람회가 열렸을 때의 일이다. 캐나다 관의 안내인들이 한국의 구경꾼들로부터

"Can you speak English?"

라는 질문을 받고 괴로웠다고 한다.

아시는 바와 같이 캐나다는 영국계 캐나다인과 프랑스계 캐나다인이 동서로 나뉘어져 있어서 국내 문제가 꽤나 복잡한 나라이다. 몬트리올 올림픽 때에도 엘리자벳 영국 여왕이 영어와 불어 두 나라 말로 개회사를 해야 할 정도로 민족 감정이 미묘하게 개재되어 있다.

캐나다 관에서 'Can you speak English?'라고 질문한 대부분의 한국인이 캐나다의 그런 국내 사정을 알고 있었건 모르고 있었건 간에 그건 별로 중요한 문제가 아니다. 왜냐 하면 똑같은 질문이 미국 관에서도 영국 관에서도 적지 않게 있었으니까.

만일 서울에서 개최된 무역박람회의 한국 관을 찾아 온 프랑스인이

한국 관계자에게

"한국말을 할 줄 아세요?"

하고 물었다면, 그 사람의 표정이 어땠을까?

캐나다 관의 안내원도 처음에는 매우 놀랐다고 한다. 캐나다에서는 해외에 파견될 정도의 사람이라면, 영국계이건 프랑스계이건, 당연히 양쪽 나라의 말을 할 줄 아는 사람일 것이다. 정치적으로는 캐나다도 영국연방(The British Commonwealth)의 하나이므로, 영국 국민의 한 사람이라고 볼 수 있다.

그 영국 국민에게 'Can you speak English?'하고 묻는다면 아무리 생각해 보아도 웃기는 일이다.

그러나 캐나다 사람들이 결국 알게 된 것은 순진한 한국인들이 캐나다 국내의 양대 세력의 알력을 염두에 두고 한 질문이 아니라, 영어 회화 연습을 하기 위하여 그렇게 했다는 사실이다.

"물론이지요, 당신도 할 줄 아십니까?"

하고 반문하면, 그 한국인은

"아뇨, 나는 할 줄 모릅니다."

했다는 것이다. 그 캐나다 사람의 어리둥절한 표정을 상상해 보시기 바란다.

"당신은 영어를 할 줄 아십니까?"

하고 묻는 경우, 자기도 영어를 할 줄 안다고 하는 전제가 필요하다. 그러나 반문했을 때, 자기는 할 줄 모른다고 한다면 회화는 거기서 끝나 버린다.

나는 프랑스인이지만, 한국의 거리에서 'Can you speak English?' 때문에 곤란을 당할지도 모른다. 그리고 내가 영어 회화의 시험 상대로 이용되고 있는지 어떤지를 알기까지는 'yes'라고 답해야 할지, 'No'라고 답해야 할지 심각하게 고민해 봐야 할지도 모른다.

일반적으로 한국인의 영어 회화에 대한 열의는 서양인은 물론, 다른 외국인에게도 전혀 상상할 수 없을 만큼 대단하다.

서점에 가 보면 영어 회화에 관한 책만도 수십 종이 넘고, 신문광고는 물론 TV광고에조차 영어 회화 테이프의 판매 광고가 없는 날이 없을 정도다. 영어를 전문으로 가르치는 학원도 수없이 많다.

방학 때는 미국이나 일본, 유럽에 연수라는 명목으로 여행을 겸한 회화의 습득을 위하여 출국하는 단계에 이르렀다. 그 중에서도 영어 쪽이 압도적으로 우세하다. 잘못 본 것이 아니라면, 프랑스나 스페인 말을 모국어로 하는 사람을 보면, 영어만이 왜 이처럼 극성일까 하는 생각조차 들 정도이다.

영어를 초등학교부터 대학까지 모든 학생이 배우지만, 아직도 대성황이다.

나는 프랑스의 몇 퍼센트가 영어를 할 줄 아는지 모른다. 미국인의 몇 퍼센트가 프랑스어를 할 수 있는지에 대해서도 전혀 모른다.

그런데 영어와 프랑스어는 친척같은 관계를 갖고 있다. 공통성이 적은 문화권의 영어를 습득하기 위하여 한국인이 지불하는 노력과, 우리 프랑스인이 지불하는 노력 사이에는 크나 큰 차이가 있다.

하지만 한국인은 계통이 다른 언어에 속하는 영어를 배우기 위하여 눈물겨운 노력을 경주하고 있다.

그리고 한국의 학교에서 가르치는 영어 교육이 얼마나 잘못되어 있는가 하는 논쟁도 나는 수없이 들어왔다. 시험을 위한 영어 교육과 회화를 위한 영어 교육이 전혀 다르다는 것은 말할 필요도 없다. 그래서 영어 회화를 거의 못하는 사람도 한국말을 하는 도중에 놀랄 정도로 어려운 단어를 곧잘 사용하는 것을 보게 된다.

한국의 유흥 음식점에는 서양식 이름이 많다. 영어도 있고 불어도 있다. 그러나 그 점포의 주인이 영어나 불어에 능숙하냐 하면? 천만의 말씀이다.

한국인이 왜 이처럼 영어 회화에 열의를 갖고 있는가 하는 문제는 우리들 외국인 사이에 하나의 수수께끼처럼 되어 있다. 해외에 진출해 있는 회사의 사원이 그 나라의 언어를 습득하려고 하는 것은 당연하지만, 일생에 단 한 번도 외국인과 상담을 할 기회가 없을 법한 사람들조차 영어 회화를 못하면 부끄러워한다.

일을 하기 위하여 이 나라에 부임한 우리들 외국인이 한국어를 배우려고 노력하는 것은 당연하다. 대부분의 한국인이 영어나 불어, 심지어는 콩고어로 우리 같은 외국인과 이야기할 수 없다고 해서, 경멸하거나 비웃을 수는 없다.

극동에서 영어가 가장 잘 통하는 곳은 홍콩이다. 홍콩은 영국의 식민지였다. 지난 날 열강의 식민지였던 나라에서 그 종주국의 언어가 아직도 통용된다는 것은 역사적인 유물이다. 열의와는 관계가 없는 일이다.

한국인 중에도 60대 이상의 사람들 중에는 일본어를 아주 유창하게(자랑스러운 듯이?) 하는 사람도 있지만, 일본인과 만난 경우라면 별문제지만, 한국인 끼리 암호라도 나누듯이 떠벌리는 것을 보면, 나 자신이 오히려 부끄러워질 때가 있다.

유럽에서는 열강의 지배를 받은 경험이 많은 작은 나라의 사람일수록 외국어가 유창하다고 한다. 슬픈 일이지만, 그것은 사실이다.

한국에서도 지금 국제화 추세에 발맞추어 외국어(특히 영어) 하나쯤은 마스터해 두어야 한다고 야단들이다. 그러나 외국에 부임한다든지 출장이나 연수 교육을 위하여 외국어를 배워두지 않으면 안 될 사람이 과연 총 인구의 몇 퍼센트나 될까?

관광 여행이나 신혼 여행(미래에)을 위하여, 또는, 그때 쇼핑을 하기 위하여 외국어를 배워야 한다는 것은 억지다. 한국에 관광하러 온 미국인 중에 몇 사람이 한국어로 말을 하던가?

한국인이여, 외국어에 대하여 보다 대범해질 수는 없는가? 열등감이나 피해 의식을 갖지 말고, 한국어를 국제어로 만들면 될 것 아닌가! 외국어 열을 다른 곳에 더 효과적으로 쓰는 방법은 없을까?

꼬부랑 말씀

한국인이 우수하다는 것은 자타가 공인하는 사실이다. 그 우수성 중에서도 어학적 재능이야말로 눈부시다. 거기다가 외국어에 대한 열성 또한 대단해서 금상첨화다.

그러한 국민적 여망에 호응해서 각종 언론 기관들도 어김없이 외국어를 취급하고 있고, 아침부터 저녁까지 얼마든지 외국어 공부를 할 수가 있다.

그러한 열성 때문에 방송에 나오는 아나운서나 가수들도 국적 불명의 꼬부랑 발음을 토해내며 의기양양하다.

프랑스를 '플랑스'로 발음하는 것은 무식의 소치겠지만, 사랑을 '살랑'으로 발음하는 가수들도 여전히 인기를 누리고 있다.

일본의 어떤 수상이 미국에 가서 영어로 된 연설문을 읽은 적이 있는데, 그때 미국인들은 '일본말도 미국말과 비슷한 데가 있구나.' 했다는 이야기가 있다. 이제 멀지 않아 한국말도 꼬부랑말이 되지나 않을까 염려스럽다.

심지어 어떤 아나운서는 외국어를 어찌나 잘 하는지 본토 발음에 가깝게 낸답시고 '라·마흐셰에즈', '브리짓·바흐도', '롸벳·렛포드' 등등의 발음으로 유식하다는 것을 과시하기도 한다. 물론 대부분의 한국인들이 알아듣게 하려면 '라·마르셰에즈', '브리지트·바르도', '로버트·레드퍼드' 쪽이 훨씬 대중적이다.

여러 청취자를 대상으로 하는 방송인이 본토 발음으로 일관한다면, 결국 무식한 청취자는 알아듣건 말건 상관없다는 식의 오만이 아니겠는가, 아니라면 담당 프로를 외국어 교육 시간으로 착각했거나, 외국인에게 들려주기 위한 프로로 오인했거나, 그 어느 쪽일 것이다. 그것도 아니라면 본래의 방송 내용에 덧붙여 외국어까지도 가르쳐 일석이조의 효과를 노린 것일까?

어떤 교수는 강의 중에 외국어를 너무 많이 써서 실질적인 강의 내용은 반밖에 되지 않는다고 한다. 한국에서는 외국어를 잘 한다는 것, 꼬부랑 발음에 능숙하다는 것이 대단한 자랑거리인 모양이다. 물론 자랑거리이기도 하겠지만, 때와 장소를 가리지 않는 데에 문제가 있다.

외국어를 할 줄 안다는 것은 좋은 일이다. 그러나 지나친 열정 때문에 한국말이 오염되고 변질되어 버리면 어떻게 되겠는가? 차라리 못하는 것만 못하지 않는가? 사랑을 살랑으로 노래 불러야 멋있어 보인다고 생각하는 가수나, 본토 발음으로 방송을 해야 된다고 생각하는 방송인 때문에 선량한 대중들이 외국어 노이로제에 걸리는 일은 없을까?

유럽 사람들이 자기 나라 말에 대해서 지나칠 정도로 애착심과 자부심을 가지고 있다는 것은 잘 알려진 사실이다. 그 때문에 비난을 받기도 하지만, 그 나라 고유의 말을 지키는 것이 왜 나쁘단 말인가?

어떤 철학자는 '말은 사상의 집'이라고 했다. 이 명제가 옳다면 '외국어에 오염된 말은 외국의 사상에 오염되어 있다'는 말도 옳은 것이 아닌가?

주체성이라는 것은 자기 고유의 사상을 가질 때 확립된다. 한국의 주체성은 한국 고유의 사상에서 비롯되어야 한다. 외국어 과열 현상 때문에 이 나라의 젊은이들이 외국에 대한 선망과 사대주의에 빠진다면, 장차 이 나라의 주체성은 어디서 찾을 것인가?

이제 나도 꼬부랑 말씀으로 끝을 맺자.

"한국 살람 외쿡어 너무 살랑함네다."

말과 말씀

아이가 제 엄마보고 '개새끼야.' 했다면, 그놈은 틀림없이 돌 쌍놈일 것이다. 그런데 돌쌍놈이 우리 집에 있으니 이를 어쩌랴.

우리 꼬마가 어느 날 밖에서 놀다가 배운 한국말이 개새끼였던 모양이다.

한국어는 세계적으로 유례없이 과학적이며, 아름다우며, 표현이 다양하며 어렵다(외국인에게는).

한국어를 배울 때 외국인이 겪는 고초는 다양한 동사, 형용사의 어미 변화와 미묘한 뉘앙스의 차이와 얄궂은 받침이다. 이와 마찬가지로 한국인들도 프랑스어를 배울 때 동사 변화에 골치가 아프다고 불평한다. 그러나 그 고비만 넘기면 프랑스어도 아주 쉬운 말이다.

외국어란 어느 누구에게나 처음에는 어려운 것이 아니겠는가? 한국어도 어느 단계를 지나 과학적인 법칙을 알고나면, 그 무궁무진한 표현의 다양성의 참맛을 알게 되고, 실로 아름다운 말이라고 느끼게 된다.

15세기 중엽에 이 나라의 천재적이며 선구적인 임금님께서, '나랏 말쌈이 듕귁에 달아'(나라 말씀이 중국과 달라) '어린(어리석은)' 백성을 가엾게 여겨 새로 한글을 만드실 때, 날마다 씀에 편안케 하고자 배려하셨고, 지금 '어린' 백성들은 그 은혜를 누리고 있는 것이다.

그럼에도 불구하고 이 나라 사람들 중에는, 특히 지식층 가운데는 외국어를 잘 한다는데 지나친 자부심을 나타낸다. 심지어 어떤 교수는 강의 중에 반은 우리 말, 반은 외국어라서 한 시간 강의라 해도 내용은 반시간 짜리 밖에 되지 않는다고 한다. 그러고도 월급은 제대로 지불해야 하니, 이 나라의 대학교나 학생들은 그 유식한 분들 때문에 손해를 보면서도 한마디 불평도 할 수 없다. 불평을 했다가는 무식한 사람으로 낙인이 찍혀 버릴 수도 있기 때문이다.

또, 내가 아는 어떤 사장님은 3개 국어를 할 줄 안다고 자랑이다(물론 더 많이 아는 분도 계시다). 그 분은 한국어는 물론이고 일본어도 유창하고 영어도 막힘이 없다. 문제는 한국적인 목적에서 배운 것이 아니라, 일본 제국주의 때와 해방 후의 군정 시대, 소위 문화적 식민지 시대에 어거지로 익힌 실력을 자랑삼고 있다는 점이다.

이 나라의 지식인이나 사회적 엘리트들이 외국어 실력을 발휘할 때, 이 나라의 젊은이들은 거기에 한술 더 떠서 한국어 쌍소리화하기에 급급해 하기도 하다.

우리 아이가 처음 배운 한국어가 '개새끼'였다. 한국어를 비하시키거나 쌍소리화하여 퇴락시키는 사람들을 우리 아이에게 소개하고 싶은 심정이다. 자기 엄마에게 한 말을 그 사람들에게라고 못할 리야 없지 않겠는가?

프랑스어는 명쾌하고 정확하고 우아한 말이라고 한다. 그러나 프랑스어가 처음부터 그처럼 훌륭한 말이었다고 생각한다면 오해다. 라틴어의 형태가 붕괴되고 프랑스어가 형성되기 시작한 후부터 지식인들은 물론, 국민 대다수가 나라 말을 아름답고 정확하게 만들기 위하여 부단히 노력을 해왔던 것이다.

15세기와 17세기에 걸친 '프랑스어 옹호와 고양 운동'은 아카데미 프랑세즈나 코메디 프랑세즈에 의해 더욱 강화되고, 교육에 열심인 프랑스의 가정에서는 혼기가 찬 규수들이 바르고 아름다운 말을 배우도록 개인 교수까지 시켰던 것이다.

이처럼 '말'을 '말씀'의 경지에까지 올리는 데에는 그만큼 노력이 필요하다. 세종대왕께서 만드신 '말씀'을 이 나라 사람들이 혹시 '말' 이하로 취급하려 한다면 그 책임은 누가 져야 할까?

말이란 것은 하루 아침에 만들어지는 것이 아니다. 애국심이란 것도 하루 아침에 만들어지는 것이 아니다. 어느 나라 사람이건 자기 나라 말을 사랑하지 못하는 사람이 애국심 운운한다면, 그야말로 아이러니다. 다시 부탁하거니와 그런 사람이 있다면 제발 우리 꼬마에게 데려와 주시기 바란다.

사람인가, 놈인가

인간이라면 누구나 상처가 하나쯤 있기 마련이다. 신체적 외상이건 정신적 상처이건 괴로웠던 시절의 흔적이 남아 있는 법이다.

정신적 상처란 마음의 상처라고도 할 수 있는데, 그 아픔을 극복하지 못하면 콤플렉스가 되어 계속해서 괴로움을 당하기도 한다. 때로는 정신적인 성장이 방해받기도 한다. 심지어는 나이는 들면서 정신은 퇴행하여 미숙한 인간이 되기도 한다.

과거의 상처를 잊지 못하는 과거 고착형 인간과 앞날의 가능성에 도전하는 미래 지향적 인간 중에서 어느 편이 더 건설적인지는 굳이 말할 필요도 없을 것이다.

개인에게 뿐만 아니라 국가나 민족의 경우에도 같은 논리를 적용한다면, 어째서 한국인 중에는 아직도 일본에 대한 적개심을 극복하지 못하는 사람이 많은 것일까? 아직도 이성적인 현실 감각을 갖지 못하고, 감정적인 원한만 갖고 있는 사람이 많은 것은 무슨 까닭일까?

이승만 대통령이 집권하던 시절에는 개인적인 반감 때문에 병적이라고 할 정도로 배일·반일 정책이 철저했다고 한다.

국민들 중에도 친일을 한 사람을 제외하고는 탄압과 착취로 희생당한 사람이 많았을 것이다. 그 분들의 고통이나 원한에 대해서는 나도 충분히 수긍을 한다. 그러나 감정을 누르고 보다 이성적인 눈으로 세계 정세를 바라볼 필요도 있다.

시대는 변했고 세계는 점점 좁아지고 있다. 국제화라는 말은 싫어도 어쩔 수 없는 현실이 되고 있다.

국제화 추세는 감정만이 아니라 이념이나 사상을 초월하여 진행되고 있다. 미국과 중국이 손을 잡고 협력하게 된 것도 서로의 생존을 위한 방편에 지나지 않는다. 서독과 동독은 이념을 초월하여 민족 화합의 길을 모색한 끝에 결국은 통일을 이룩하지 않았는가!

한국도 세계 어느 나라건 외교나 교역의 창구를 가지려고 노력해야 한다. 북한에 대하여 경제 협력이나 무상 지원을 제안하고 있는 이 마당에 대통령의 일본 방문을 굴욕 외교라고 비판하고 나서는 사람도 있다니 이상한 일이 아닐 수 없다.

특별히 북한과의 경제 협력체 안에서 '아웅산' 사건에 대한 사과를 요구하지 않은 것은 대단한 아량과 자신감의 표현이다. 그렇다면 왜 일본에 대해서도 아량과 자신감을 보이지 못하는가?

일본에 대해서는 수시로 '놈'자를 붙이고, 온갖 나쁜 표현으로 매도하기도 하는데, 만일 아직도 과거의 상처를 극복하지 못했다면, 어떻게 더 큰 성장을 바랄 수 있겠는가?

원한이나 적개심이 밥을 먹여 주지는 않는다. 국가는 서로의 생존과 이익을 위해 만나기도 하고 헤어지기도 한다. 어제보다는 내일이 더 중요하기 때문이다.

『10년 앞은 내다보자』라는 책을 보면, 앞으로 미국과 러시아가 손을 잡고 백인 연합 전선을 구축하여 일본이나 중국 같은 황색 국가와는 적대 관계가 형성될지도 모른다는 쇼킹한 예측이 있다. 만일 그렇게 된다면 새로운 형태의 위기가 생겨날 것이고, 과거와는 다른 국제 협력 체제가 필요하게 될 것이다.

한국도 이제 원한이나 피해 의식을 버리고, '왜놈'이나 '일본 놈'이 아닌 '일본 사람'들과의 관계를 새로이 정립할 때가 되었다고 생각하지는 않으시는지?

퀴즈 놀이

한국의 청소년들이 공통적으로 갖고 있는 꿈이 있다면, 그것은 무엇일까? 그들의 부모들이 자녀들에게 바라는 꿈이 있다면, 그것은 무엇일까?

다음 해답 중에서 맞는다고 생각하는 것에 표를 해 보시기 바란다.

1. 자기 소질을 연마하여 열심히 공부하는 것이다.
2. 건전한 시민이 되기 위하여 교양과 지식을 쌓아가는 것이다.
3. 돈이나 명예를 얻기 위하여 요령이나 눈치를 체득하는 것이다.
4. 앞에 나열한 어떤 것보다 우선적으로 서울대학교에 들어가는 것이다.

이렇게 퀴즈식으로 네 개 중에서 정답을 고르게 하는 시험 문제를 사지선다형이라고 하고, 이런 사지선다형 시험 문제가 한국에 도입된 지가 장장 삼십 년이 넘는다고 한다.

이십여 년이나 갈고 닦은 실력이 있으니까 여러분은 아마도 쉽게 정답을 고를 수 있을 것이다.

그러면 정답은 어느 것인가? 4개가 모두 정답이라고요? 천만의 말씀이다. 4개가 모두 그럴듯하지만 정답은 하나밖에 없다. 4개가 모두 정답처럼 보이는 것은 함정이다. 함정에 빠지지 말고 다시 한 번 심사숙고해서 객관적인 정답을 골라 보시기 바란다. 절대로 '주관'이 개입되어서는 안 된다.

주관은 가슴 속 깊이 묻어 두시고, 오로지 객관적인 판단을 내려 주시기 바란다. 그것이 이 출제자의 바람이다. 그래야만 내가 채점을 하기가 쉽기 때문이다. 주관적으로 '괴발 개발' 장황하게 늘어놓으면, 이 바쁜 세상에 어떻게 채점을 하란 말인가? 나도 바쁘기 한량없는 사람이라는 것을 이해하여 주시기 바란다.

최근 세계 굴지의 명문 대학이라고 자처하는 서울대학교에서 신입생을 대상으로 교양과목 특별시험이란 것을 실시했다. 놀랍게도 평균 점수가 수학은 20점, 영어는 55점이었다. 한국의 수재 중의 수재들이 낙제 점수를 받았던 것이다.

문제는 주관식 출제 방식에 있었다. 골라잡기로 시험을 보면 날고 기던 수재들이 '생각'을 하고 '문장'으로 표현하는 시험에서는 손을 들고만 것이다.

그렇다면 한국의 수재란 '기억력'과 '퀴즈 풀이'의 재능이 우수한 사람을 가리키는 것인가? 추리력이나 창의력은 모자라도, 생각을 정리해서 문장으로 표현하는 능력은 부족해도, 오로지 기억력 하나만 우수하면 수재가 되는 것인가?

그러니 어찌 베토벤이나 피카소 같은 예술가를 기대할 수 있겠는가? 괴테나 아인슈타인 같은 상상력의 천재는 또 어떻게 기대할 것인가? 백과사전적인 지식만 가진, 기억력만 우수한 천재가 어떻게 남이 가지 않은 창조의 세계를 개척할 수 있겠는가? 퀴즈 풀이에 능하다고 해서 어떻게 유능한 인재라고 부를 수 있겠는가?

신문마다 방송마다 그놈의 퀴즈 풀이가 약방의 감초처럼 끼어 있고, 학교 시험 문제도 퀴즈 풀이식으로 되어 있는 이 나라의 장래는 과연 어떻게 될까?

장래 이 나라에 닥쳐올 문제점들이 얽히고 설킨 것이 아니라 퀴즈 풀이 식으로만 되어준다면 아무런 곤란이 없을 것이다. 그러나 아무도 그렇게 되리라고 보장할 수는 없다. 그러니 장차 이 일을 어떻게 하겠다는 것인지 궁금할 뿐이다.

만일 나에게 권한이 주어진다면 '大서울대학교'라는 대학교를 신설해서(大자를 붙이니 훨씬 그럴듯하지 않은가?) 순주관식으로 출제를 할 작정이다. 그러나 정작 문제는 응시하는 학생들이 하나도 없을지도 모른다는 점이다. 퀴즈 풀이에만 유능한 학생들이 어떻게 감히 도전할 것인가?

(이 글 첫머리의 물음에 대한 정답은 여러분이 '주관적'으로 생각하신 바로 그것이다. 나도 객관적으로는 정답을 제시할 수 없기 때문이다. 단지 4번이 아닐까 추측할 뿐이다.)

개를 너무 사랑합니다

유럽의 거리를 더럽히는 것 중에서 개똥만큼 골칫거리도 없다. 서양의 동물 애호가들은 개를 사랑하지만, 개똥은 사랑하지 않기 때문이다.

여러모로 개똥 처리 방법을 강구하지만, 서양 개는 한국 개보다 주책이 없어서 아무 데나 갈긴다. 개똥없는 서울 거리를 보면서 나는 한국의 개는 확실히 주인을 닮아 양반다운 데가 있고 동방예의지국의 개답다고 생각하지 않을 수 없었다.

얼마 전 한국의 개가 얼마나 학대받고 있는가를 보려고, 소위 '한국 개의 학대 실태'를 파악하기 위하여 '세계동물애호가협회'의 간부가 방한했다가 아주 만족스런 표정을 짓고 돌아갔다고 한다.

더욱이 '한국인이 개를 사랑하는 것을 알게 되어 기쁘다.'는 코멘트까지 잊지 않았던 모양이다. 그때 어떤 한국인은 '별 미친 친구도 다 있군!' 하고 빈정거렸다. 개를 사랑하건 말건, 구워 삶아먹든, 무슨 상관이란 말이냐! 하는 투였다.

그 분도 개를 몹시 좋아하는 편이지만, 외국인이 굳이 '개에 대한 사랑'을 확인한데 대해 불쾌한 표정을 지었다. 그 분은 개를 사랑하고, 개의 고기를 사랑하고, 개의 만년필을 더욱 사랑했기 때문에 더더욱 아니꼽다는 느낌을 가졌을 것이다.

결국 그 분과 동물애호가협회가 생각하는 '개사랑'은 차원이 달랐던 것이다.

한국에는 아주 귀엽고 사랑스러운 것을 표현할 때 '꽉 깨물어 주고 싶다'고 하기도 한다. 이런 살벌한 표현을 쓴다고 해서 한국인의 조상이 식인종이었던 것은 결코 아니다.

물론 개의 자손도 아니다. 단지 표현만으로 보면 약간 거칠다. 그러나 그때 그 사람의 표정을 본 사람은 그 뜻을 금방 알게 된다. 흔히 어린아이가 아주아주 귀여워 보일 때 쓰는 표현이 아닌가?

한국인들 중 몇몇은 개에 대한 지극한 사랑을 행동으로 표현했고, 그래서 뜯어먹는 차원으로까지 발전한 것이다(?)라고 나는 이해하고 싶다.

그러나 그토록 사랑받는 개도 속담에 등장할 때는 형편없이 비하되고, 그야말로 개같이 되어버리니 알다가도 모를 일이다. '개 눈에는 똥밖에 안 보인다.' '개꼬리 삼 년 묻어두어도 황모(족제비 꼬리) 못 된다.', '개같이 벌어서 정승같이 쓴다.'는 속담 속의 개는 형편없이 천한 동물이기 때문에, 사랑의 대상이 되기에는 너무나 부적당해 보인다.

그처럼 천한 동물로 비하시키면서도 '개같이 벌어서 정승같이 쓴다.'는 말 속의 개는, 아주 많은 팬을 갖고 있고 추종자도 많은 것처럼 보이니, 또 한 번 어리둥절할 따름이다.

'개같이 번다.'는 말은 수단과 방법을 가리지 않고, 천한 짓이건, 사기이건, 등쳐먹기이건, 삥땅을 치건, 어떻게든 돈만 벌면 된다는 말이다. '정승처럼 쓴다.'는 말은 청렴결백하고, 대를 위해서는 소를 버리고, 공을 위해서는 사를 버리고 산다는 말이다. 그렇다면 이렇게 서로 모순되는 말이 어떻게 성립하게 된 것일까?

우선 어떤 방법으로건 출세만 하면 과거는 묻지 않는다는 전제가 필요하다. 그리고 정승은 청렴과 결백을 모토로 하는 사람이 아니라, 어떤 방법으로건 호화찬란한 생활을 한다는 전제가 필요하다.

왜냐 하면 온갖 더러운 짓을 다 해서 겨우 청렴결백하게 되려고 하는 사람이야 없을 것이기 때문이다. 그렇다면 개같이 주인이 주는 것만 받아 저축하고, 나중에는 정승같이 청빈해서 품위를 지키며 살겠다는 뜻인가? 아무리! 설마…….

이제 서울에서 보신탕이 사라진다고 한다. 개 값이 똥 값이 되고, 개가 개같이 되고, 물어 뜯으면서가지 개를 사랑한 분들을 실망시키며 개가 사라진다니, 행일까, 불행일까?

명예와 책임

한국에는 '호랑이는 죽어서 가죽을 남기고 사람은 죽어서 이름을 남긴다.'는 속담이 있다. 그러나 한국에는 가죽을 남길 호랑이가 없어서, 일본의 한 독지가가 지난 88년 올림픽을 기념하기 위해서 한국에 호랑이를 기증할 계획이라고 한 것을 신문기사로 본 적이 있다. 그러니 이제 얼마 후에는 호랑이 가죽도 남고 사람 이름도 남을 모양이다.

어쨌든 한국인은 그 귀한 호랑이 가죽만큼이나 이름을 소중히 여긴다. 그래서 어떤 사람은 이름을 더욱 돋보이게 하려고 온갖 잡동사니 같은 직함을 죽 나열한 명함을 뿌리고 다니기도 한다.

이름을 소중히 여긴다는 것은 자기 이름에 명예와 책임을 갖는다는 뜻이다. 명예와 책임이란 것은 겉치레나 과시욕보다는 사고방식이나 행동으로 나타나는 것이다. 그러나 그렇지 못한 경우가 많아서 탈이다. 직함을 거창하게 나열하고, 금테를 두른 명함만 가지면 되는 줄로 아는 사람이 얼마나 많은가?

외국 사람이 한국 사람의 명함을 보면 어느 것이 성인지 어느 것이 이름인지 모를 경우가 많다고 한다. 명함에 성과 이름을 바꿔서 인쇄하는 경우가 많기 때문이다.

'김 이박' 씨가 '이박 김'씨가 되어 이 씨인지 김 씨인지 혼동이 일어난다. 이유는 서양식을 따른답시고 성을 뒤로 붙였는데, 막상 외국인들은 한국인의 성은 이름 앞에 붙는 법이라고 알고 있었던 것이다.

주체성이 강한 중국인에게는 결코 이런 일이 없다고 한다. 자기 나라 식으로 엄격히 순서를 지킨다는 것이다. 성이란 것은 길게는 몇 천 년의 역사를 가진 가문의 전통과 명예를 나타내는 것이다. 당연히 맨 앞에 붙어야 된다는 사고방식이다. 그것이 서양 오랑캐(?)식으로 주객이 전도되면, 자칫 성이 갈리게 되어버린다.

'성을 갈아 버린다'는 말은, 가문의 명예에 먹칠을 할 경우에만 해당되는 것이 아닌가? 성이야말로, 농경 민족의 유구한 역사 속에서 신분의 상징이었고 간판이었다.

물론 서양이라고 해서 성을 무시하거나 가문의 전통이나 명예에 긍지를 갖지 않는다는 말은 아니다. 단지 한국인들이 외국인을 만나거나 외국에 나가서 왜 주객을 전도시키는지 궁금할 뿐이다. 그러면서도 국내에서는 얼마나 가문을 찾고 혈통을 따지고 스스로가 양반임을 자처하는가?

물론 어떤 분은 요새 세상에 양반이 어디 있느냐고 반문할 것이다. 그러나 새로운 양반 계급이 엄연히 존재하며, 아직도 계속해서 생겨나고 있다고 주장하는 사람도 있으니 어쩌랴!

옛날부터 대대손손 뼈대있는 양반으로 이어져온 것이 아니라, 돈과 명예와 권력만 있으면 양반이 아니냐는 주장이다. 옛날 양반은 다분히 정신적인 고고함이나 지조로 평가 받았던데 비해서 새로운 양반은 물질적인 척도로 가늠하는 경향은 있지만, 사회의 지도급 인사로 군림한다는 면에서는 같다고 볼 수 있다.

아무리 민주주의 세상이라 해도 양반은 여전히 존재하며, 옛날 양반은 몰락해도 새로운 양반은 수단 방법을 가리지 않고 이름을 날리고 군림하려고 안달한다. 그래서 어떤 재벌은 이웃의 가난한 사람에게는 쌀 한 톨 나누어 주지 않으면서 매스컴에는 거금을 희사하며 불우 이웃 돕기의 선봉장이 되기도 한다. 또 이런 양반들 끼리 사돈을 맺어 새로운 양반을 생산하기도 한다.

이름 남기기를 싫어하는 사람 수에 비해 동상이나 비석이라도 세우고 싶어하는 사람 수가 많은 것은 어쩔 수 없는 현상이라 해도, 이 새로운 양반들이 득세하도록 용납하는 이 나라 사람들은, 참으로 너그러운 사람들이거나, 모두가 그렇게 되기를 희망하는 사람들이거나, 둘 중의 하나가 아니겠는가?

같긴 뭐가 같애

갑자기 고함 소리가 들려서 나는 움찔했다. 거래처 사장님의 목소리였다. 사장실 옆에 붙어있는 응접실에서 잠시 기다리고 있던 중이었다. 평소에는 민주적이고 자상한 사장님으로 소문난 분이 고함까지 치시다니 이상한 일이었다.

"같긴 뭐가 같애! 이 사람아, 말끝마다 '같습니다. 같습니다.' 하니, 도대체 자네는 어떻게 하겠다는 건가?"

엿들을 생각은 추호도 없었지만, 내가 앉아 있는 곳까지 들려올 정도로 큰 소리였다. 아마도 어떤 일을 결재하는 과정에서 직원들의 태도가 못마땅했음이 틀림없었다.

그리고는 한동안 조용하더니 이윽고 사장님이 나타나셨다. 우리의 용무는 별로 복잡한 것이 아니었기 때문에 간단히 끝났다. 그때 나는 무심코,

"이제부터는 별문제 없을 것 같군요."

하고 말해 버렸다.

순간 나는 아차! 하고 후회했지만 이미 엎질러진 물이었다. 나를 물끄러미 바라보시면서

"'같군요' 애용자가 또 한 분 계시는군요."

하시는 것이었다. 나는 황급히 수정했다.

"미안합니다. 이제부터 잘해 보겠습니다."

매스컴의 힘은 무서운 것이다. 특히 전파 매체의 세뇌력은 내 무의식 속에도 '같군요.' 병균을 심어 놓았던 것이다.

언제부터였는지는 모른다. 한국에서는 '같군요, 같아요'가 판을 치고 있는데, 방송만 틀었다 하면 하루에도 몇 번이고 들을 수 있다. 그러니 아무 저항감 없이 '같군요', '같아요'를 앵무새처럼 되풀이하게 되는 것이다.

……맛있는 것 같아요, ……예쁜 것 같아요, ……불쌍한 것 같아요, ……신나는 것 같아요, 자기의 감정을 표현하는 데에도 무엇이든 '같아요'이다.

심지어는 중요한 결정을 해야 하는 상황인데도, '……경쟁 회사에는 심각한 타격이 될 것 같아요.'이다.

'심각하다'는 표현에 '같아요'가 붙으면, 도대체 어느 쪽을 믿어야 한단 말인가?

그 사장님의 고함 소리도 다분히 그런 상황에 대한 분노였을 것이다. 엉성한 성공학을 신봉하는 미꾸라지들이 자기의 소신과 철학을 숨긴 채 책임을 회피하고 눈치껏 빠져나가겠다는 심산의 결과물인 것

이다.

눈치와 요령으로 간에도 붙고, 쓸개에도 붙고…… 어쩌면 프랑스 대혁명기와 나폴레옹시대를 거쳐 다시 왕정복고시대까지, 그리도 유치한 절조없고 권모술수의 대가였던 검찰총장의 후예들이 대량으로 양산되고 있는지도 모르겠다.

나는 방송에서나 거리에서나, 왜 그렇게 '같아요'가 많은 지 이유를 모른다.

한국인의 후예들이 훗날 이 시대의 말본을 연구하게 될 때, '같다'. '같아요'라는 '말을 단순한 어미변화의 일종으로 생각이 행동을 규정한다는 사실을 염두에 둔다면, 이처럼 자기 주장이 없는 사람들도 드물 것이다.'라고 해석하지는 않을까?

더욱이 자라나는 아이들이 모두 '같아요' 병에 걸려 버린다면, 이 나라에는 같지 않은 것은 하나도 남지 않고 무서운 획일주의와 세뇌된 로봇만 남게 될지도 모른다.

그러니 그 사장님도 화가 나셨던 것 같다. 명색이 관리자라는 사람이 '같아요'를 남발할 때, 어떤 사장님이

"같긴 뭐가 같애!"

하고 일갈하지 않겠는가?

여러분, 골프를 치세요

한국은 스포츠가 성행하는 나라다.

스포츠는 유럽의 전매특허 같았으나 어느 틈엔지 이 극동의 나라와 주객전도된 꼴이 되었다.

스포츠라는 개념은 영국 귀족 사회의 산물로서, 영국 귀족은 그 스포츠 덕분에 체위가 향상되어 대대로 체격이 큰 남자와 여자만을 배출하고 있다. 따라서 영국에서는 체격이 크면 귀족이요, 작으면 서민으로 용이하게 구별할 수 있다고 한다.

영국보다 훨씬 이전에 우리 프랑스의 귀족사회가 붕괴되자, 막연하기는 하지만, 체격이 큰 사람이 혈통이 좋다고 믿기 시작했다. 역사상 귀족제도와는 전혀 인연이 없었던 미국에서도 작은 남자는 대통령에 어울리지 않는다고 한다. 그런 구미의 여러 나라와 비교한다면 한국의 스포츠 진흥은 조금도 계급적이 아니며, 개방적이고, 실로 높이 살만한 그 무엇이 있다.

그리고 영국인이 크리켓, 프랑스인이 자전거 일변도인데 비하여, 한국인은 일변도라는 것이 없다. 원래 이 나라에서는 축구가 성행했으나, 최근에는 야구도 성행하며 배구, 탁구, 농구도 인기가 있다.

어느 비오는 날, 파리에서 온 친구와 함께 지하철 홈에서 겪었던 일이다.

"폴, 저 남자가 우산을 거꾸로 쥐고 자꾸만 흔들고 있는데, 저건 무슨 흉내를 내는 건가?"

"아. 저거 말인가?"

하고 나는 대답했다.

"골프 연습을 하는 걸세."

그 친구가 놀랐던 것은 우산을 휘두르고 있는 사람이 너무 젊다는 것이었다. 프랑스는 영국과 달리 골프가 별로 성행하지 않는다. 그러나 그 한정된 속에서 클럽 회원으로 가입되어 있는 사람은 상층의 인간들이다. 다른 곳에서도 말했지만 프랑스는 은행가와 은행원의 구별이 판이한 나라이므로 은행원이 골프 클럽의 멤버가 된다는 것은 생각도 할 수 없는 일이다.

그런데 우리가 지하철 홈에서 목격한, 그 우산을 휘두르는 사람은 아무리 보아도 은행가나 실업가다운 모습은 아니었다.

나는 그 친구에게 한국에서는 골프라는 것이 은행원이나 회사원이나 상점 주인에게도 건전한 스포츠라는 것을 열심히 설명하였지만, 그는 좀처럼 납득하지 못하는 눈치였다.

스포츠 클럽이라는 것은 구미에서는 원래 폐쇄적이다. 왜냐 하면 폐쇄적이 아니면 특별히 클럽을 만든 의미가 없기 때문이다.

나는 한국에 와서 처음 골프를 배웠다. 그것은 거래처의 한국인들로부터 가끔 골프 초대가 있었기 때문이다. 어떤 이는 골프장을 '녹색의 만남'으로 표현했는데, 내가 골프를 시작했던 것도 그 만남의 접대에 응하기 위해서였다.

따라서 나 자신은 어떤 특정 클럽의 멤버는 아니다. 그러나 나는 여러 클럽을 보아왔다. 대부분의 클럽은 회원권이 금전으로 매매되며, 평일에는 멤버를 동반하지 않은 비지터 방문도 허용되고 있어, 클럽이라는 이름은 유명무실화 되어 있다.

멤버와 비지터의 차이는 그린피의 싸고 비싼 차이 밖에 없다.

한국의 골프장을 돌다보면, 때때로 놀라운 일을 발견하게 된다. 그것은 화장실에 들어갔을 때다. 양식 변기의 엉덩이를 올려놓는 부분에 스파이크의 흔적이 남아 있는 것이 눈에 띈다. 이것은 그 부분에 엉덩이를 올려놓지 않고 스파이크 슈즈를 신은 채 그 위에 올라갔다는 것을 의미한다. 화장실 위쪽에 선반이 있을 리도 없으므로, 그 사용자는 볼 일을 보기 위하여 매우 불안정한 자세를 고수해야만 했으리라고 생각된다.

나의 노파심이겠지만, 한국의 의무 교육에서는 '양식 변소'(고속버스 터미널 변소 문에 그렇게 씌어 있다.)의 사용법을 가르쳐야만 한다고 충고하고 싶다.

이야기가 초점이 빗나가고 말았는데, 내가 말하고 싶은 것은 이 나라에서는 '양식 변소' 사용법은 모르더라도 골프는 할 수 있을 정도로 골프는 묘한 스포츠라는 점이다.

골프장이 이런 상황이므로 한국에는 폐쇄적인 장소가 거의 없다.

사람들은 프로 야구, 프로 복싱 등에 열광하며 유명 선수는 서민의 영웅이 된다. 이런 프로 스포츠는 '헝그리 비즈니스'로서 미국에서 처음 발달했지만, 한국에서도 점점 성행하는 경향이다.

겨울에는 전국의 스키장이 만원이며, 여름에는 해수욕장이 만원이다. 폐쇄적인 스키장이나 폐쇄적인 해수욕장이라는 것이 없으며, 아무나 갈 수 있다.

이 나라에서는 맛을 알든 모르든 돈만 내면 누구든 캐비어를 먹을 수 있다. 아니 누구든지 캐비어를 먹을 수가 없다면 결코 '평등'한 것이 아니라고 생각하는 경향도 있다. 그런 평등은 유럽인에게는 상상조차 할 수 없는 일이다.

단, 사회적 지위가 있는 사람이나 연령적으로 회갑을 넘은 사람이 '안주의 장소'를 찾는다면 한국은 부적당한 곳이다. 남프랑스나 플로리다의 존재 의의는 의외로 그런 점일지도 모르겠다.

속는 자는 현명한가

'자연 속에서도 가장 가냘픈 한 줄기의 갈대'이면서도 '생각하는' 능력을 가진 것이 인간이라고 한다. 이 유명한 파스칼의 말을 실증이라도 하듯 프랑스 대통령 드골은 인간이란 연약한 것이며, 인간의 본성이란 가냘프기 짝이 없는 것이라고 믿었고, 그래서 주위 사람들을 믿지 않는 경우가 많았다고 한다.

남을 믿지 않고도 살아갈 수 있으려면 그만큼 스스로의 힘을 믿지 않으면 안 될 것이다. 그러나 과연 그처럼 강한 사람이 몇이나 되겠는가. 그러니 대부분의 사람들이 약하게 흔들리면서 허망한 꿈을 좇고 있는 셈이다.

이 약하고 흔들리는 사람들의 마음을 꼬셔서 꿈과 희망을 준다는 사업이 크게 각광을 받고 있다.

그래서 어떤 종교가, 어떤 정치가, 어떤 기업가, 어떤 예술가 등등이 두각을 나타내며 치부를 하는가 하면, 이에 덩달아서 좀스런 사기

꾼까지도 한 몫 잡겠다고 설치고 다닌다.

내가 아는 어떤 집에서는 집안의 어려운 일을 기도로 해결해 준다는 말을 믿고 몇 천만 원을 바쳤다고 한다.

소위 액땜 기도를 해야 하고, 상아 도장을 가지고 다녀야 액운이 없어진다는 것이다. 기도 비용과 도장 값이 몇 천만 원이나 되고, 한심스럽게도 이런 사기에 넘어간 사람이 한 둘이 아니라고 하니 놀랄 수밖에 없다.

어려운 일이 겹친데다가 액땜 기도를 안 하면 더 큰 일이 난다고 하니까, 약한 마음에 지푸라기라도 잡는 심정이 되었을지도 모른다. 물에 빠진 사람에게 도사라는 위인이 나타나 돈을 내지 않으면 더 깊이 빠진다고 공포 분위기를 조성한다면, 과연 어느 누가 거절할 수 있겠는가? 그러나 문제는 최고의 학부라는 대학 교육까지 받은 주부가 그 많은 돈을 사기 당했다는 점이다.

그래도 이렇게 사기를 당한 사람들은 동정의 여지라도 있다. 약한 이 사람들에게 누가 돌을 던질 것인가. 이에 비하면 멀쩡한 처녀들이 가짜 엘리트 총각에게 속아 넘어간 이야기는 우리를 웃게 만든다.

결혼 상담소에 명문 대학 출신의 대기업 사원이라고 등록한 사기범에게, 그 처녀들은 속은 것도 분한데 돈까지 사기를 당했던 것이다. 인간 자체보다도 명문 대학이나 대기업이란 간판이 얼마나 좋은가가 또 한 번 실증된 셈이다.

"속는 자는 속지 않는 자보다 현명하며, 속이는 자는 속이지 않는 자보다 낫다."

고 키에르케고르는 갈파했다. 이 멋진 풍자의 신봉자들이 서로 속고 속이며 맞물려 돌아가기 때문에 이 세상은 더욱 재미있고 즐거운 곳인지도 모르겠다.

그러나 과연 속는 자가 속지 않는 자보다 현명한가, 속이는 자가 속이지 않는 자보다 나은가 하는 물음에 대하여, 너무나 많은 사람들이 그릇된 해답을 갖고 있지는 않을까?

서로 믿으며 살아갈 수 있는 세상을 만든다는 것은 한두 사람의 노력으로는 불가능하다. 종교건 정치건 기업이건 예술이건, 인간 개개인에 대한 존엄성, 인간 그 자체에 대한 가치를 인정해야만 이루어지는 것은 아닐까?

삐꺽거리는 소리

낡은 침대의 삐꺽거리는 소리는 때때로 왕성하던 남성의 기를 죽인다. 폐차 직전의 낡은 자동차가 삐꺽이는 소리는 불안감을 조성한다. 에어 포킷에 들어선 비행기가 삐꺽이는 소리는 죽음의 공포를 느끼게 한다.

낡은 목조 건물 계단이 삐꺽거리는 소리는 '아하, 이 집도 곧 고치거나 헐어야겠구나!' 하는 느낌을 준다.

그러면 TV에서 나는 삐꺽거리는 소리는 무엇을 느끼게 하는가?

나는 한국의 TV 프로그램 중에서 경제나 사회관계 좌담회를 보기도 하고, 어쩌다가 연속극을 볼 때가 있다. 그럴 때 나를 아주 못마땅하게 해 주는 것이 있다. 그놈의 마룻장 울리는 소리와 합판의 이음새에서 나는 삐꺽거리는 소리다.

쟁쟁한 명사들이 점잖게 이야기는 도중에 그놈의 삐꺽거리는 소리가 끼어들기도 하고 호화찬란한 주택의 안방이나 계단에서도 쿵쿵 소리가 나거나 삐꺽거리는 소리가 무차별하게 이음새처럼 들려온다.

심지어는 나무가 울창한 숲에서도 나고, 예쁘게 꾸민 정원에서도 나고, 때와 장소를 가리지 않고 마구 삐꺽거린다.

한국의 명사들이 TV에서가 아니라 판잣집에서 고상한 이야기를 한다고 해서 누가 탓할 것인가? 겉은 번지르르 해 보이고 호화 가구가 놓여 있어도 실상은 판자로 꾸민 호화 주택(?)이라고 해서 TV드라마가 아니라면 누가 탓할 것인가?

한국에는 사상누각이라는 말이 있는데, 모래 위에 지은 누각, 기초도 없고 뿌리도 없는 헛공론을 뜻한다고 한다. 그러나 건축 전문가의 말에 의하면, 사상누각이란 말은 아주 잘못된 표현이라고 한다.

잠실에서 시작해서 여의도에 이르기까지 강변에 줄지어 선 고급 호화 아파트들은 모래땅 위에 섰지만 누각보다 높고, 오히려 기반이 확실하다는 것이다.

그러니 TV 속의 호화 주택에서 삐꺽거리는 소리가 나도 사상누각이 아니고, 점잖은 좌담회의 대리석 탁자에서 삐꺽거리는 소리가 나도 탁상공론이 아닐 수 있는 것이다.

그러나 나는 그 소리가 왜 그렇게 못마땅한가? 아니, 나만 못마땅한 것인가? 한국인은 그 정도는 충분히 이해하고도 남는단 말인가?

그냥 호화 주택이라고 믿어주겠지 하는 사람이나 그렇게 믿어주는 사람이나 모두 한국인이기 때문에 별 문제가 없을지도 모른다. 좀 진실감이 없으면 어떠냐, 현실감이나 박진감이 좀 없으면 어떠냐, 대충 그런 거라고 알면 되는 것이지 웬 말이 많으냐…… 하면 나도 할 말이 없다. 과연 그래도 좋으냐고 다시 한 번 묻고 싶은 이 심정을 누구에게 호소해야 할지 정말 모르겠다.

쟁쟁한 명사라는 사람이 대학생 수준의 이야기를 한다거나 사전 준비도 없이 즉흥적인 잡담을 해도 좋고 호화주택이 판잣집에 칠을 한 것이라도 좋다.

그러나 문제는 좌담회의 내용에서 가짜 냄새를 풍기고 드라마의 내용이 가짜라는 것을 자꾸 상기시켜 주는 이유를 모르겠다는 것이다.

어떤 기자는 전쟁터에서 방탄복을 입은 채 목숨을 걸고 취재를 하는데, 또 어떤 PD는 험한 산을 넘고 사막을 건너고 바다를 헤치며 특집 프로를 만드는데, 국내에 편안히 앉아서 만든 프로에서는 삐걱거리는 소리가 효과음처럼 들려온다. 이것은 가짜다. 가짜지만 믿어다오 하는 효과음 말이다.

땅바닥을 밟는 소리와 마룻장을 밟는 소리 중에서 어느 쪽이 더 믿음직스러운가는 내가 굳이 말할 필요가 없을 것이다. 다만 삐걱거리는 소리만 없다면 나는 한국의 TV를 더 사랑할지도 모르겠다.

무서운 아이들

특실을 탄 아이들

한국의 아이들 또는 청소년 문제에 대한 언급을 나는 가능한 한 피해 왔다.

이유는 간단하다. 나는 내가 좋아하는 이 나라 사람들이 얼굴을 붉히는 것을 보고싶지 않기 때문이다.

최근에 나는 일 때문에 국내의 여러 곳을 여행하게 되었다. 그러다 마음에 걸리는 것이 있어서, 역시 한 번쯤 언급해 두는 것이 이 나라 발전에 도움이 되리라고 생각하여 붓을 들었다.

나는 주로 철도를 이용했는데, 다행히 파리의 본사에서 특실을 이용할 수 있도록 허락해 주었다.

내가 우선 놀란 것은 특실에 부모와 함께 아이들이 많이 타고 있다는 사실이다. 이것은 새마을호이건 무궁화이건 마찬가지였다.

대륙횡단 철도처럼 장시간 여행하는 경우가 아니면, 유럽에서는 미성년자가 특실을 이용한다는 것은 거의 없는 일이다.

아버지와 함께 가는 경우에도 아버지는 특실, 아이들은 보통실인 케이스가 대부분이다. 또는 항상 특실을 이용하던 아버지가, 이번에는 아들과 함께이기 때문에 같이 보통 객차에 타는 일도 있다. 그러나 어린이를 포함한 일가족이 모두 특실을 이용하는 경우란 왕족이나 귀족이 아닌 한 거의 없다.

그 이유는 설명할 필요도 없다. 요컨대 특실이라고 하는 것은 차비를 스스로 충분히 지불할 능력이 있는 사람만, 또는 스스로 특실에 앉을 자격을 갖춘 사람만 이용할 수 있기 때문이다.

버릇없는 아이들

그런데 차에 타고 있는 아이들의 행실을 아무리 잘 보아준다고 해도 특등이라고 할 수는 없었다. 우선 아이들이 끊임없이 무엇인가를 먹고 있는 데 감탄한다. 사 주는 것은 물론 부모다(특실만의 현상일까?).

어린애가 혼자일 경우는 별 문제가 없지만, 형제자매가 여럿이든가, 친척까지 함께 승차한 경우에는 객차가 마치 탁아소 비슷한 상태가 되는 것이었다.

나는 거래 관계에 필요한 서류를 검토하려고 했지만 도저히 불가능했다. 잠들어 있던 사람들도 대부분 눈을 떴지만, 꾸짖는 사람은 아무도 없었다. 아이들은 이리 뛰고 저리 뛰고, 문을 열고 옆칸으로 달려갔다가 되돌아오곤 했지만, 그래도 아무도 주의를 주지 않았다. 더욱 놀란 것은 어린이들의 어머니라고 생각되는 부인이 손수건으로 얼굴을 덮은 체 잠을 자고 있는 것이었다.

한 번은 내 앞 좌석에 앉아 있던 여자애가 차에서 내릴 때까지 줄곧 뒷 좌석의 내 얼굴을 돌아다보고 있었다. 혹시 그 지방에서는 과거에 백인이 무슨 범죄라도 저질렀던 것이나 아닐까 하는 의구심이 들 정도였다. 그 애의 어머니는 앞 쪽을 보고 있었으므로 머리 모양밖에 보이지 않았다.

만일 프랑스에서라면

"그렇게 남의 얼굴을 빤히 쳐다봐서는 안 돼요."

하고 딸에게 주의를 주었겠지만, 그녀는 아무 말도 않고 내버려두었다.

10대의 무뢰한

나는 잠을 자는 체 할 수밖에 없었다.

그것이 10살 정도의 아이라면 그런대로 보아 넘길 수도 있겠다. 전철에서 본 중학생이나 고등학생의 행실을 보면 더욱 한심하다.

좌석을 재빠르게 점령하는 것은 이런 아이들이지만, 노인이나 부인에게 자리를 양보하려고 하는 배려는 아예 없는 종족임에 틀림없을 것이다.

물론 나는 이 정도에 놀라는 것은 아니다. 한국의 선생님들은 '인권'이 무엇인지는 가르쳐도 '인격'이 무엇인지는 가르치지 않는 것 같다. 여드름 투성이의 중고생이 손잡이에 매달려 있는 노인이나 부인 사이로 뛰어들며 발을 차거나 밟아도 어찌할 수 없었다. 그리고 그

중의 하나가 손잡이에 매달린 나를 쳐다보며

"이 양키 녀석, 멍청해 보이지 않니?"

하고 외쳐도 별로 놀라지 않았다. 나는 양키가 아니고 프랑스인이니 변명을 할 필요도 없다. 진짜 양키가 이 말을 들었다면 뭐라고 할 것인가? 그런데 그 다음이 재미있다. 그 아이는 다음과 같이 말을 걸어왔다.

"Can you speak English?"

박람회의 캐나다 관이나 미국 관에서 이런 질문을 수도없이 받은 사실이 있었다는 것을 상기하면서

"Yes, I can."

하고 나는 대답했다. 그러자 질문했던 그 학생은 나의 얼굴을 보려고도 하지 않고

"통했어, 나도 해냈어."

하고 외치는 것이 아닌가. 내가 서울에서 사귀고 있는 멋진 신사들, 매너도 좋고 외국어도 능숙한 그 사람들과 이 따위 무뢰한 같은 학생이 과연 같은 동족인 한국인일까?

만일 학교의 교육이 잘못 되었다면, 왜 부모들은 그들 스스로 교육을 하지 않는 것일까? 그들이 양친으로부터 받은 가정 교육을 그대로 아이들에게 물려주면 될 일이다. 핵가족 시대라고 하여 방임해 버린다면 비겁하지 않는가.

아이는 사랑의 매로 키워라

한국이 고도의 경제 성장과 근대화를 시작한 그 순간부터 가치관의 변화와 도덕의 퇴화도 함께 시작한 것일까?

열차 안에서 다른 손님에게 폐가 된다는 것을 모르고 뛰어다니는 아이들을 방치하는 어머니가 나는 이상했다.

남에게 폐가 되는 행위를 서양에서는 가장 싫어한다. 어린애이건 어른이건 허용하지 않는다. 남의 집 아이들도 가차없이 꾸짖는다. 자기 아이조차 꾸짖지 못하는 부모는 '경멸'의 대상일 뿐이다.

『아이는 사랑의 매로 키워라』(책명 : You and your chid)라는 유명한 육아법에 관한 책을 읽은 적이 있는데, 거기에는 자유방임주의의 가정 교육에 경종을 울리고 있다.

한국의 가정 교육에도 새로운 도덕률이 필요하다고 생각한다. 물론 그것은 한국인 자신이 만들어내야 할 것이다.

두 켤레의 신발을 신는 아이들

세계 어느 나라에나 여자가 있고, 또 거리의 여자도 있기 마련이다(여자가 몸을 파는 일은 인류 역사상 가장 오래된 직업이라고 하는 설도 있다).

이 방면의 어떤 전문가(?)의 말에 의하면, 외국에 가서 거리의 여자를 만나려면 최소한 그 나라의 구두값 만큼은 가져야 한다고 한다. 구두도 고급이 있고 저급이 있으니 좀 어렵기는 하지만, 어쨌든 그 시세가 기준이 된다는 것이었다.

나는 그 방면에 조예가 깊지 못하여 뭐라고 말할 수는 없다. 단지 궁금한 것은 맨발로 사는 나라에 가면 어떻게 값을 정하느냐 하는 것이다.

그건 그렇고, 왜 하필이면 그게 발을 집어넣는 구두 값에 견주어졌을까? 그렇다면 뭔가 공통점이 있다는 말인가?

구두가 생기기 훨씬 전, 이 나라에는 집신이나 미투리라는 것이 있었는데, 먼 길을 가려면 아예 여러 켤레를 가지고 떠났다고 한다. 재료가 약하고 잘 헤지기 때문에 중간에 갈아신어야 했던 것이다.

그러나 이제는 그럴 필요가 조금도 없다. 어떤 사장님은 구두 한 켤레를 몇 년이고 신는다고 한다. 밑바닥이 다 헤질 때까지 신기 때문이다.

이처럼 근검·절약이 몸에 밴 분이 있는가 하면, 두 켤레 이상의 신발을 따로 갖는 학생이 늘어나서 큰일이라고 개탄하는 분도 있다.

생활 수준이 향상되었으니까 여벌을 갖는 것도 좋지 않느냐, 발의 건강을 위해서는 갈아 신을 것도 있어야 하지 않느냐 하고 나는 반문했다. 그러나 그게 아니라는 것이었다.

그렇다면 학생들이 신는 신발은 옛날의 짚신처럼 잘 헤지기 때문이냐고 다시 반문했다. 차라리 그렇다면 어쩔 수 없는 일이지만, 요사이 학생들 사이에는 '등교용' 신발과 '외출용' 신발을 따로따로 갖고 있는 경우가 많다는 것이었다.

등교용 신발과 외출용 신발이라…… 역시 한국의 고도성장은 이미 여기까지 와 있구나! 나는 부러움을 느끼지 않을 수 없었다. 그러나 그 내막을 알고서는 실망감을 감추지 않으면 안 되었다. 학교에 갈 때는 좀 비싼 것을 신고(어떤 학교에서는 너무 비싼 것이나 외국 상표가 붙은 것은 신지 못하게 되어 있다고 한다), 집에 돌아와서는 금지된 바로 값비싼 외출용 신발은 신는다는 것이다. 신발만이 아니라 옷이나 가방도 그렇게 하는 학생이 있다고 한다.

그래서 어떤 학생은 남의 신발이나 옷이나 가방을 훔쳐서 자기가 쓰기도 하고 친구들에게 팔기도 한다는 것이다. 끼리끼리 모임을 만들 때도 갖고있는 물건의 상표를 보고 가입시키고, 형편 없는(?) 상표를 이용하는 학생은 취미나 성격이나 실력이 자기들과 걸맞아도 단지 그 상표 때문에 가입시키지는 않는다고 한다. 그러니 도둑질이라도 해야겠다는 강박 관념을 어찌 갖지 않겠는가?

이러한 현상이 학생들 사이에 공공연히 일어나도 교육자나 부모들은 걱정이 안 되는 것일까? 아니, 그처럼 등교용과 외출용을 용인하는 그 어른들은 대체 어느 나라 사람들인가?

이 나라의 청소년들이 허영과 멋내기에 열중하고 있다면, 친구를 사귈 때도 돈으로 척도를 삼는다면, 이 나라의 장래는 과연 어떻게 될까? 친구 것을 훔치고 부모를 속이거나 졸라서 고급품을 쓰려고 하는 그 심리는 어디에서 기인하는 것일까?

그까짓 나라의 장래야 어떻게 되는 내 알 바 아니라고 하는 어른이 계시다면 꼭 한 가지 묻고 싶은 것이 있다.

이 나라 속담에 '바늘 도둑이 소 도둑 된다.'는 말이 있는데, 만일 여러분의 자녀 중에 신발 도둑에서 자동차 도둑으로까지 발전해서 빠른 속도로 감옥에까지 가게 된다면, 과연 누구를 탓해야 할까? 하는 질문 말이다.

5

한국에 애정을 보내며

책을 읽지 맙시다

'교과서는 책이 아니다?'

독일의 구텐베르크보다 훨씬 이전에 세계 최초로 금속활자를 발명한 나라가 한국이라는 사실은 우리 프랑스인보다 여러분이 훨씬 더 잘 알고 있을 것이다.

그런데 내가 아는 어떤 지식인은

"우리 국민은 책을 너무 안 읽는다."

고 한탄한다. 이게 무슨 소린가!

우리 집에서 건너다보이는 이웃집의 학생은 밤을 세워가며 책을 읽지 않던가! 아침 등교길에 보면 책이 가득한 가방을 두 개씩이나 들고 다니지 않던가!

그렇다면 그 분이 말한 '우리 국민' 중에 학생은 포함되지 않는다는 말인가.

내가 이웃 학생을 예로 이야기를 하며 의아해 하자,

"아하, 그것은 교과서지요. 교과서를 책이랄 수 있나요. 내가 말하는 책이란 일반 교양 서적을 읽으면 꾸지람을 한다는 것입니다. 대학 입시 시험 준비에 지장이 있다나요?"

나는 교과서는 책이 아니라는 매우 참신한(?) 이론을 만난 것이다.

내가 처음 한국에 왔을 때, 그리고 한글을 조금 깨우치기 시작하여 거리의 간판을 연습 삼아 읽을 때, 나는 유별나게 흔한 글자를 보고 아내에게 물은 적이 있었다.

그것이 바로 '책'이라는 글자였다.

뒤에 안 일이지만, 일반 서점이야 물론이지만 그 많은 문방구마다, 심지어 구멍가게나 만화가게의 유리창에도 책이라는 글자가 있었다.

그래서 한국에 대한 나의 첫 인상은,

'한국은 대단한 문화국이구나!'

하는 것이었다. 왜냐 하면, 나에게는 책을 많이 읽는 나라는 문화국이라는 편견이 있기 때문이다.

그런데 이게 웬일인가? 나의 첫 인상은 완벽한 오해였고 이 문화국이 교과서와 잡지와 만화로 만들어진 나라였던 것이다. 그 지식인의 참신한 이론을 나는 그제서야 이해할 수 있었다.

전에 거래하던 한 회사의 수출 부장은 좀 특이한 사람이었다. 그의 책상에는 항상 서류 이외에도 여러 권의 책이 쌓여 있었다. 업무 관련 책은 물론, 취미, 어학을 비롯하여 철학, 문학 등 실로 다양했다.

한 번은 스페인어를 계속 공부하기에 물어보았다.

"스페인 지사로 나가게 되었나요?"

그는 그냥 웃었다. 나도 웃으면서 다시 물어보았다.

"남아메리카를 공부하는 중이죠."

그 시절의 수출은 고작해야 미국이나 일본 정도에 그쳤던 시절이고, 이제 막 유럽에 눈을 뜨기 시작한 무렵이었다.

그는 다양한 독서를 통하여 잉카 문명이나 마야 문명에 관심을 가졌는지도 모른다. 그러나 그것은 단순한 호기심이 아니라 한국 수출도 머지않아 남미에까지 진출하지 않으면 안 될 날이 온다는 것을 예견하고 있었던 것이다. 이렇듯 독서는 인간의 눈을 멀리 보게 한다.

그런데 얼마 후 그 사나이가 사라졌다. 퇴직했다는 것이다. 이상했다. 내가 보기에는 실력파였고, 그만 둘 이유가 없는 사람이었다. 나는 고개를 갸웃거렸다.

나는 그의 상사가 아니므로 내가 실력을 인정해 봐야 별 볼 일이 없다. 그가 무슨 부정이라도 저질렀던 것일까?

그러나 그게 아니었다. 우연히 그의 동료와 이야기하다가 알게 된 사실인데, 그의 실력을 시기한 놈(그 동료의 말이다)이 모함을 했다는 것이다.

그는 변명도 없이 자진 사퇴했다.

눈이 하나 뿐인 원숭이의 세계에서 눈이 두 개 달린 원숭이가 병신 취급을 당하고 쫓겨난 이야기는 유명한 우화이다. 공부하지 않는 세계에서는 공부하는 놈이 병신이다. 학교 다닐 때 죽도록 책을 보고 공부도 했는데, 아직도 지겨운 줄 모르고 공부하는 놈이 어디 있는가?

출세를 하려면 상사에게 아부도 잘 하고, 소위 정치(?)를 잘 해야 하는데, 실력만 가지고는 안 된다는 것이 그의 동료의 말이었다.

'악화가 양화를 밀어냈다'고 그도 흥분했다.

리처드 바크의 『갈매기의 꿈』에 보면

'높이 올라가야 멀리 보인다.'

는 말이 있다. 그 회사의 높이 오른 중역들은 무엇을 본 것일까?

나도 그 친구를 생각하면 마음이 언짢다. 그들도 갈매기가 아니라 외눈박이 원숭이였는지도 모른다.

왜 책 읽기를 싫어하느냐고 어느 한국인에게 물으니까,

"미국인도 책을 잘 읽지 않는다면서요?"

하고 반문하더라는 이야기가 있다.

우리 유럽인은 미국인을 싫어한다. 무례하며, 교만하며, 기회주의자이며, 물질 만능주의자이며…… 너무 많이 열거하면 프랑스와 미국 간의 외교 문제가 발생할지도 모르지만, 나는 어쨌든 한국인들이(나의 아내를 포함하여) '미국인이 하니까, 나도 한다'는 식의 발상은 갖지 말아 주시길 바란다.

하필이면 좋은 것 다 제쳐두고, 책 안 읽는 습관까지 아메리카나이즈하려 한다면 한국의 장래가 염려스럽기 때문이다.

미국에서는 거지도 양주를 마신다는 우스개 소리도 있지만, 한국은 200년 남짓한 역사의 미국과는 비교가 안 되는 나라이다. 미국이 생기기도 전에 활자를 세계 최초로 발명한 나라로써 거지가 마시는 양주를 부러워할 것이 아니라, 책을 사랑해야 하는 문화 민족인 것이다.

세계 최초의 활자를 발명했다는 것은 대단한 문화적 유산을 가진 민족이라는 뜻이다.

한국인이 바쁘다는 이유로 이 자랑스럽고 위대한 유산을 쉽게 버리리라고는 생각지 않는다. 책은 한국인의 민족적 우월성을 지켜나가는 방법이다.

그러나 역시 현대인은 바쁘다. 고향에 자주 들르지 못한다고 해서 탓할 수만도 없다(한국인처럼 고향을 좋아하는 민족이 또 어디에 있는가).

먹고 살아야지, 출세하려면 정치해야지, 산에 가야 범을 잡지, 한건하려면 자연히 바쁠 수밖에 없다.

정신을 팔아먹는 썩은 출세주의자들은 책 읽을 시간이 있으면 사기칠 궁리나 해야 할 것이다.

그렇다면 한국의 학생들은 왜 책을 잘 읽지 않을까? 실력이란 카우보이의 총솜씨와 같은 것인데……. 정면으로 대결하지 않고 뒤에서 쏘아 붙이겠다는 것인가?

줄이나 든든한 것 하나 잡으면 된다는 심산이라면 이 나라의 장래가 참으로 걱정스럽다. 대학가의 골목을 누비는 그들의 머릿속에는 책방에 갈 마음은 없고 술 마실 생각만 있는 모양이다.

이 말을 믿지 못하겠다면, 지금이라도 당장 나가 보시라. 골목마다 '학사주점'이다. 서점은 계속 쓰러져 가는데, 학사주점이 계속 늘어나는 현실이 나는 안타깝다.

나의 지인 가운데 거창한 서재를 가진 사업가 한 분이 계신다. 수

출 붐을 타고 부상한 신흥재벌인데, 좋은 집을 구하고 나니 아무래도 서재가 있어야겠더라는 것이다.

그래서 그는 비서와 함께 서점에 갔다. 그러나 책을 한 권씩 고를 '시간'이 없었다. 서점의 한쪽 벽을 가리키며 말했다.

"이쪽 끝에서 저쪽 끝까지 모두 얼마요?"

서점 주인은 횡재를 했고, 서재도 일부 채워졌다. 그러나 워낙 서재가 컸기 때문에 아직도 모자랐다. 비서가 말했다.

"월부 책으로 나온 전집이 좋겠습니다. 표지도 금박으로 된 것으로 하면 아주 잘 어울리겠습니다."

그래서 그 서재는 완벽하게 꾸며졌다.

나는 그 분을 존경하고 싶다. 이처럼 책의 수난시대에 그와 같은 용도로 책의 필요성을 느낀 분이 계셨던 것이다. 골동품이나 금송아지를 그곳에 진열한다고 해서 누가 뭐라겠는가? 책은 어떤 이유로든 사랑 받아야 한다고 나는 생각한다.

"책을 갖는 것이 교양의 증거가 된다면 좋다. 그렇다면 교양 면에서 많은 책을 가진 서점 주인과 누가 경쟁할 수 있겠는가?" – 루키아노스

그러나 나는 책을 두고 경쟁할 마음은 없지만, 서점 주인처럼 더 많은 책을 가졌으면 좋겠다.

"남의 책을 읽는 데 시간을 보내라. 남이 고생한 것에 의해 자기를 쉽게 개선할 수가 있다." – 소크라테스

우리 시대의 사람들이 '남이 고생한 것에 의해 자기를 쉽게 개선'

하는 방법을 좀 더 진지하게 생각해 주었으면 좋겠다.

아직도 출세나 남이 고생해서 얻은 것을 쉽게 빼앗는데 책 같은 것이 필요 없다고 생각하시는 분들께 나도 한 마디 드릴 말씀이 있다.

"책을 읽지 맙시다."

그러나 그런 분에게도 꼭 필요한 책이 있으니 어쩌랴!

"노력하지 않고 출세하는 법."

이라는 책이 바로 그것이다.

엘리트 교육

매년 시험 시즌이 되면 온 나라가 떠들썩하다. 시험 당사자는 물론, 부모도 교사도 매스컴도 하나 같이 분주하다. 경쟁은 해마다 치열해진다. 예비고사야말로 대망을 품은 청년이 결사적으로 뚫고 나가야 할 바늘의 귀다. 여기서 좋은, 그것도 탁월한 성적을 얻지 못하면 명문 대학은 그림의 떡이다.

나는 이 심각한 광경을 보며, 한국인에게 있어서 인생의 목적이 무엇일까 하고 생각하게 된다. 부작용이 너무 심하다 하여 과외 수업이 금지되어 버렸고, 재수생은 해마다 늘어 학원은 재벌이 되고 있다. 이 모든 것이 시험 지옥의 산물이다.

한국처럼 평등 사상이 지배적인 나라에서 보면, 유럽에서 시행되고 있는 엘리트 교육은 매우 계급적이며, 불평등하다고 생각될 것이다. 프랑스의 지스까르 데스땡 대통령은 에꼴·뽈리떼끄니끄와 에꼴·나쇼날 따또미스뜨라숑이라고 하는 대학보다 한 단계 위의 대학교를 두 곳이나 나왔는데, 그러한 상급 대학의 진학은 이미 그의 소년기에 결정되어 있었다. 영국의 윌슨 수상은 노동당(노동자의 대변인?)이면서도 옥스퍼드 대학 출신이다.

지그까르도 윌슨도 그 나라를 대표하는 엘리트라고 할 수 있다. 그런 점에서 보면 한국의 교육제도는 유럽형이 아니라 미국형에 가깝다. 그렇다고 완전히 미국형이라고도 할 수 없는, 세계에서 유례가 없는 엘리트 부재의 교육제도가 아닌가 싶다.

이 나라에서는 시험 경쟁이 더욱 치열해짐과 동시에 한편에서는 '학력 무용론'이 대두되어 현실적인 '학력 유용론'과 충돌하곤 한다. 결국은 무용론이 현실적으로 우세한 유용론에 밀려나고 말지만.

대학 입시 학원도 아무나 들어갈 수 있는 곳이 아니다. 서울대반, 연대반, 고대반, 이대반…… 등 시험을 치르고 실력을 미리 인정 받아야만 가능하다. 여기서 유능한 강사가 '요령'있게 지식을 통조림으로 만들어 준다.

어떤 강사의 말에 의하면 수강생 중에는 실력이 자기보다 나은 학생이 많다는 것이다. 자기는 단지 나이를 먹은 만큼 '요령'을 터득했을 뿐이라는 고백이다…….

시험 때문에 같은 또래의 소년 소녀가 모두 경쟁자이며 적이 되어 버린다면…… 생각만 해도 끔찍하다.

그러나 한국 사람들이 여러 가지 면에서 과당 경쟁을 벌인다고 해서, 제 3자인 우리가 동정을 하는 것은 금물이다.

학교들은 합격률 경쟁, 언론 기관은 보도 경쟁, 기업은 시장 점유율 경쟁, 경쟁, 경쟁, 경쟁…… 하루하루가 경쟁으로 지고 샌다. 결국 한국의 경제 번영과 근면성은 이런 과다 경쟁을 빼고나면 설명이 불가능할지도 모른다.

100미터 경주로 예를 들어보자. 한국인은 스타트 지점 뒤에서부터 달려나가서 골이 없는 것처럼 계속하여 달려간다. 100미터에서 끝나는 것이 아니라, 달리는 것 자체에 의미가 있는 것 같다.

그러나 프랑스나 영국에서는 100미터를 달리는 사람은 분명히 결정되어 있고, 나머지는 구경을 한다. 하지만 한국에서는 전원이 선수이다. 따라서 그 집중력이라 할까, 폭발력이라 할까, 그 힘은 굉장한 것이다.

한국에는 평등사상이 방방곡곡에 침투되어 있어서 전 국민이 크건 작건 백과사전적인 지식을 가지고 있다.

중앙에서 어떤 사건이 일어나면 시골 한구석에서도 흥미를 나타낸다. 이 나라에서는 지식도 또한 평등하기 때문이다. 그러나 이러한 평등사상이 과연 한 나라의 장래에 어떤 이익을 가져올 것인가?

어느 사립 대학의 강사로 나가고 있는 친구에게 들은 이야기지만, 최근에는 부잣집의 자제가 좋은 학교에 들어가고, 거의 여유가 없는 집안의 자제는 수준이 낮은(?) 대학에 모이는 경향이 있다는 것이다.

결국 경제적인 여유의 차이가 두뇌의 차이에까지 미치게 된 것일까? 참고서도 학원도 가까이 하지 못한 학생과 여유있게 비디오라는 가정교사까지 둔 학생과는 차이가 있을 수도 있다. 그러니 이 나라에도 특권층이나 부유층만이 엘리트 교육을 받게 되는 것은 아닐까?

만일 그렇다면 유럽처럼 엘리트 교육을 표면화하여 인재는 어릴 때부터 특별교육을 시켜 이 나라의 장래에 필요한 재목으로 키우는 것이 나을지도 모른다.

누구에게나 기회가 있다고 하는, 얼핏보면 공평무사한 기회 균등주의가 결국은 시험 지옥을 만들어내고, 그리하여 어릴 때부터 시험에서 패배감을 맛보게 되는 다수의 실패자를 만들어내는 결과를 초래하게 되는 것이다.

엘리트라고 하면 한국에서는 권력의 측면에만 국한시키는 경향이 있지만, 서양은 책임에 대하여, 또는 의무에 대하여 어릴 때부터 철저하게 주입시킨다.

그와 반대로 비엘리트들은 한가로이 자랄 '권리'를 갖는다. 한국의 어린이를 보면 천진난만하고 여유있게 자랄 '권리'가 확보되어 있지 않은 것 같다.

그들 모두가 성공을 향해 달리고 있다지만, 역설적으로 말하면, 전원이 달린다는 것은 전원이 달리지 않는 것과 결과적으로는 마찬가지가 되어버린다.

그런 헛고생을 제 3자로서 보고 있는 것만으로도 나는 지친다.

점장이와 철학자

어떤 회사의 사장실에서 있었던 일이다. 사장님의 아들이 내년에 대학에 진학한다는 것을 알고 있는 중역 한 분이 사장님의 가정생활에도 관심을 갖고 있다는 것을 과시(?)할 양으로 은근히 물었다.

"사장님의 자제분은 머리가 아주 좋다던데요. 어느 학과로 보내실 생각이신지요?"

"가고 싶은 데가 있는 모양이더군."

"그럼 법대나 공대, 상대쯤으로 가겠군요? 머리가 좋으니까요."

"그런 쪽은 관심이 없다는군."

"사장님 사업을 계승해야 할 것이 아닙니까?"

"사업 같은 건 관심이 없고 철학을 배우고 싶다더군."

"호! 그것도 아주 좋은 과목인데요. 사장님께서 신입 사원을 면접하실 때 아드님이 관상을 보거나 사주팔자를 짚어보면 똑똑한 인재도 뽑을 수 있겠군요."

"허허, 꿈보단 해몽이 좋구먼!"

과연 꿈보다 해몽이 좋다.

머리 좋으면 법대나 상대, 공대로 가서 입신 출세를 하거나 돈벌이의 길로 가야 한다고 생각하는 사람들, 철학이라는 말만 들어도 관상이나 사주팔자를 연상하는 이 기막힌 조건 반사에 길든 사람들, 이런 사람들이 회전 의자를 돌리며 거드름을 피우고, 부하를 거느리고, 자식을 키워도 한국 사회는 끄떡도 않고 잘도 유지되고 있다.

아무리 철학이 없는 시대라고 하지만 철학의 철자도 모르고, 철학이라면 운명 철학 정도 밖에 생각할 줄 모르는 사람들이 이 사회를 이끌어가도록 한 책임은 누구에게 있는지 나는 모른다. 길거리에 나붙은 그 많은 철학 연구소의 간판에 책임을 돌려야 할지, 철학 교육을 소홀히 한 높은 분들께로 책임을 돌려야 할지 나는 모른다.

그러나 다행인 것은 이 나라에도 고등 학교 시절부터 철학 교육을 시킬 필요가 있음을 느끼는 분이 있다는 사실이다. 때가 늦은 감은 있지만, 젊은이들에게 철학이란 무엇인가에 대한 기본적인 지식이나마 가르치자는 것이다.

운명 철학만이 철학이 아니라 보다 넓은 철학의 세계가 있다는 것, 철학(Philosophy)이란 앎(知 : Sophia)을 사랑하는(Philo) 모든 것을 가르친다는 것을 알려 주자는 것이다.

"여보시오, 당신이 말하는 그런 철학은 몰라도 우리에게도 철학은 있단 말이오."

하는 분도 계실지 모른다.

물론 철학은 있기 마련이다. 그 시대를 지배하는 사상이 없을 리야 없다. 그렇다면 출세 철학이나 돈 철학 말고 이 나라에 또 무슨 철학이 있는지 묻고 싶다.

한국의 어떤 교양 주간지에 프랑스 고등 학교용 철학 교과서가 연재된 것을 읽고, 일류 대학을 나온 어떤 엘리트가 정말 그렇게 어려운 것을 고등 학교에서 배우느냐고 나에게 물어온 적이 있다. 일류 대학을 나와도 철학이 무엇인지 기본조차 모르는 이 나라 젊은이들에게 심오한 인생의 의미나 가치에 대해서 이야기해 보아야 무슨 소용이 있겠는가?

그러나 이 나라 고등 학교에서도 철학 교육을 시키려고 고려 중인 모양이다. 사고한다는 것은 훈련을 필요로 한다. 육체적인 훈련만이 아니라 머리의 훈련도 필요하다. 그러나 출세 철학, 다시 말해서, 돈 철학 밖에 들어 있지 않은 머리 속에 진짜 철학이 들어설 자리가 과연 있을지 의심스럽다.

그 사장님의 아들이 실력이 없어서 철학과로 진학하는지, 정말 좋아서 진학하는지 나는 모른다.

이처럼 철학이 없는 시대에 그나마 철학을 공부하겠다는 젊은이가 있으니, 얼마나 다행스러운 일인가?

한국의 대학

아프리카의 어떤 나라가 식민지에서 염원인 독립을 했을 때 잠정적으로 '대학 졸업생 위원회'라는 것이 합의제로 정권을 담당한 적이 있다(한국에서도 1960년 4.19의거 직후에 대학생이 잠시 치안을 맡은 적이 있는데, 이와는 다른 케이스라고 생각한다).

그 신생 독립국에는 그 때까지 흑인을 수용하는 대학이 존재하지 않았기 때문에 이 위원회에 가담했던 멤버는 하나같이 유럽의 대학에 유학했던 엘리트들이었다. 이것은 현대사 속의 실화다.

대학의 권위라는 것이 있다고 한다면, 이 신생 독립국만큼 그 권위를 재확인하게 한 나라는 없다고 말할 수 있다. 사실 이 나라는 선거에 의해서 선출된 정권이 탄생할 때까지 '대학 졸업생 위원회'가 아무 탈없이 어려운 작업을 수행했던 것이다.

아무리 신흥 국가라고는 하지만 대학 졸업생이 일단 유사시에는 나라를 위해 일할 만한 견식이 있다는 전제가 없이는 독립국의 정치를 맡길 수가 없다. 동시에 대학 졸업생이라는 존재가 그 나라의 국민들에게 형편 없는 존재로 인식되었다면, '대학 졸업생 위원회'라는 것에 정치를 맡기려는 마음이 생기지도 않았을 것이다.

내가 한국 사회에 관하여 깊이 알고 난 후부터 가장 질린 것 중의 하나는 이 나라에 대학 졸업생이 너무 많다는 사실이었다.

이 나라에서 양복을 입고, 넥타이를 매고있는 대부분의 사람들은 대학 졸업생으로 보아도 된다. 아니 레스토랑의 카운터 뒤에서 요리를 만들고 있는 아저씨들 중에도 대학 출신이 있다.

우리 유럽인들은, 발전도상국은 말할 것도 없고, 한국 대학의 대량생산에 하품이 나오지 않을 수 없다고 생각한다. 이 나라에서는 일부의 특정 대학을 졸업한 자를 제외하고는 대학 졸업생이라고 해서 전부 엘리트는 아니다. 즉 대졸이라는 레테르는 그들에게 거의 아무런 혜택도 주지 않는다.

헌법에 의하면,

'모든 국민은 법률이 정하는 바에 따라서 그 능력에 맞게 평등하게 교육 받을 권리를 갖는다.'

물론 이 조문은 정론이다. 따라서 고교를 졸업한 청년 남녀가 평등하게 권리를 행사하여 대학에 진학하려고 하는 것은 당연하다.

그러나 헌법 조문이라는 것은 형식적인 것이다. 함축성이라는 것이 일체 배제되어 있다. '그 능력에 따라서'라고는 하지만 판정 기준도 모호하다.

대학교육의 목적에 관하여 여러 가지 이론이 있을 수 있다. 분명히 대학이란 단지 공부만 하는 곳은 아닐 것이다. 인격 형성, 집단 생활, 사교, 원만한 상식 배양 등 다양한 목적이 있음에 틀림없다. 그러나 가장 큰 목적은 역시 면학이다. 졸업생이 각자의 전문 분야에서 충분히 능력을 발휘하고 장래에 지도적인 역할을 과부족없이 수행할 수 있도록 대학 교수들은 학생을 가르쳐야 한다. 이것이 우리 서구인의 상식이다. 한국도 아마 그럴 것이다.

그런데 한국에서는 그런 상식과 관계없이 존재하는 대학이 하늘의 별만큼이나 많다.

상식을 벗어났다고 하는 것이 실례가 된다면 대학이 단지 '교육을 받을 권리'를 젊은이들에게 행사하게 하기 위한 고등 교육기관이라고 말해도 좋다.

그런데 대학의 우열에 관해서 논하는 것이 이 글의 목적은 아니다. 내가 말하고 싶은 것은 현대 한국 사회에서 대학 졸업장이 왜 그렇게 필요한가 하는 점이다.

말할 것도 없이 근대 국가에서는 직업에 대한 귀천이 없다. 학력이 결코 인간 평가의 항목이 되지는 않는다.

인간에게는 제 각각 다른 능력이 있으며, 취향도 다르다. 학문의 세계에서도 문학을 좋아하는 사람이 있는가 하면, 법률을 좋아하는 사람도 있다.

그것은 산이 좋다든가, 바다가 좋다든가, 고기가 좋다든가, 생선이 좋다고 하는 것과 마찬가지다. 대학을 졸업해서 은행이나 회사에서 데스크 업무를 보는 것을 좋아하는 사람도 있고, 대학은 가지 않고 프로 야구 선수가 되는 것을 좋아하는 사람도 있다.

그런 취향을 무시하고 대학 졸업장을 인생의 통행증으로 생각하는 것은 개개인에게도 쓸데없는 일임과 동시에 국가를 위해서도 큰 손실이다. 적어도 유럽의 합리주의에 바탕을 둔 사고방식이라면 더욱 그렇다.

영국의 대학 수는 44개교이며, 프랑스는 65개, 독일은 25개이다. 그리고 이런 대학의 졸업장을 얻기란 매우 어렵다. 그러나 한국은 대학만 385교, 대학원이 169개나 된다.

외국의 비평가들은 흔히 정치가(statesman)와 정치꾼(politician)을 구별하기를 좋아한다.

그러나 유럽에서는 그 구별 이상으로 은행가와 은행원, 실업가와 회사원의 구별이 뚜렷하다. 대졸자는 은행가의 길을 걷지만, 그렇지 않은 사람은 은행원의 길을 걷는다. 이것을 평등 원칙의 감각으로 생각한다면 틀림없이 언어도단이다. 그러나 유럽에서는 이것이 상식이며, 은행원이나 회사원으로부터 조금도 불평의 소리가 나오지 않는다. 미국에서도 마찬가지다.

그 대신 구미의 은행가나 실업가는 은행원이나 회사원보다 2배나 3배는 바쁘며 또한, 근면하다. 그들에게는 권리보다도 책임이 훨씬 무겁기 때문이다.

구미에서의 대학 졸업장은 인생의 통행증이라기보다는 일생 동안 책임을 지고 걸어가지 않으면 안 되는 십자가다.

이 십자가를 지고부터는 타인 앞에서 트림도 할 수 없으며 무식을 폭로할 수도 없다. 은행이나 회사가 쓰러지려고 할 때는 미친 듯이 구제하려고 뛰어다니며, 국가가 위기에 빠졌을 때는 선두에 서서 목숨까지 바쳐야 하는 최대의 의무조차 지고 있다.

만약 한국 대학생들이, 파리 대학생은 밤마다 카페에 모여 있으며, 세느 강변에 미녀를 데리고 가서 정사에 묻히며, 하이델베르크의 대학생은 맥주잔이나 기울이며 미녀 쟁탈에 열을 올리고 있다고 생각한다면 큰 잘못이다.

젊은이들이므로 때로는 실수를 저지르는 경우도 있으나, 일단 면학에 돌입하면 필사적으로 공부만해야 낙오되지 않는다.

학기말이 되면 강의 노트를 빌려서 밤새우며 암기하는 한국적 시험공부는 유럽에서는 일체 통용되지 않는다.

내가 알고 있는 어떤 유학생은 프랑스 유학 일 년째에 이런 시험공부로 답안을 제출한 결과 멋지게(?) 빵점을 맞고는 자살하고 말았다. 유럽의 시험 답안이 어디까지나 수험자의 개인적인 해석을 필요로 한다는 것을 이 유학생은 알지 못했던 것이다.

한국의 각 대학에서 여학생 쪽이 남학생보다도 성적이 좋다는 이야기를 들을 때마다 나는 동서의 교육 방법의 차이에 관하여 곰곰이 생각하지 않을 수 없다.

한국처럼 암기 답안에 백점을 주는 교육 방법이라면 두뇌의 융통이 부족한 여학생 쪽이 오히려 플러스로 작용함에 틀림없다.

그리고 이 여자 우등생들의 대부분은 대학 졸업 후에 머지않아 가정 주부로 들어앉아 인스턴트 라면이나 먹으면서 멍청히 텔레비전이나 보는 생활에 빠져 무기력해 진다. 이것이 국가적, 인간적 낭비가 아니고 무엇인가?

지금은 세계의 어떤 나라나 교육은 백년대계로 생각하고 있다. 교육이야말로 국가 존망의 요소라고 말해도 좋다.

교육 진흥은 국가적인 투자요, 유럽 여러 나라에서는 대학 교육을 무료로 실시하는 나라가 많아졌다. 한국도 국립 대학의 수업료는 다른 물가에 비하면 엄청나게 싸다.

그러나 싼 수업료가 밤하늘의 별만큼 많은 사립 대학의 존재로 상쇄되고 있다. 서울대 졸업생은 분명 우수하다. 그러나 전국의 무수한 대학이 발행하는 인생 통행증의 홍수 속에서 서울대 졸업생의 책임의식이 매몰되고 있다.

이 나라에서는 해마다 국가 예산 편성 시기가 오면 반드시 사학 진흥 예산이 문제가 된다. 교육의 기회 균등이라는 점을 생각한다면 사학 진흥은 분명 필요하다. 그러나 그것을 위해서 대학 졸업생이라는 자각을 충분히 가질 수 있도록 책임감 있는 사람을 배출하는 사학만 남기고 나머지는 모두 잘라 버려야만 한다고 생각한다.

만약 현재의 한국이 독일과 같은 수의 25개 대학만 남긴다면, 낙타가 바늘 구멍을 뚫고 나가야 하는 피나는 경쟁이 어릴 때부터 시작되어야 하며, 부모들은 내 자식이 그 잔혹한 시련에 부딪쳐야만 하는 것을 거부할 것이다.

유럽은 그렇게 해서 수백 년을 살아왔다. 그리고 그런 가운데 대학의 권위도 생겼고 국가의 존속도 가능했던 것이다.

기회 균등이라는 말은 멋지다. 그러나 이 말을 할 때는 책임의 균등도 생각해야만 진정한 평등이 된다.

책임감은 있으나 의지는 없는 인간을 나쁘다고만 할 수는 없다. 그것은 사람마다 사는 방법이 다르기 때문이다.

하루의 노동을 끝내고 가족과 함께 와인과 빵으로 배를 채우며 오늘도 가정의 행복을 얻을 수 있었다고 주님께 감사드리는 독일의 빈대학 졸업생을 불행하다고 할 수는 없다. 동시에 가정의 행복을 희생하면서도 국가에만 헌신하는 것이 의무라고 생각하는 대학 졸업생을 행복하다고 할 수도 없다.

사람은 빵만으로는 살 수 없다. 나는 한국의 대학 진학 희망자에게 그리스도의 가르침을 음미해 보도록 같은 인류의 한 사람으로서 바랄 뿐이다.

한국의 다음 세대

같은 한국인이면서

나는 한국의 매스컴을 접하면서 느끼는 바가 많다. 뭐랄까, 한국의 어른들 중에는 사물에 대한 이해가 매우 정확하고 양식있는 분들이 많다.

솔직하게 말해서 나는 한국의 젊은 세대를 좋아하지 않는다. 중년 이상의 한국인은 대단히 좋아한다. 세계에서 이처럼 호감 가는 중년이나 노인이 많은 나라는 흔치 않다. 그들의 대부분은 예의 바르고, 사려 깊고, 두뇌가 명석하여 언제나 나를 감탄케 한다.

그와는 반대로 한국의 젊은 세대가 예의 없고, 생각이 얕고, 자기 멋대로 행동하는 데는 실망을 금치 못한다.

같은 한국인이면서 세대의 차이 하나로 이처럼 성격이 다를까 하고 의아해 하면서 나는 이 나라에서 10여 년을 지내왔다.

서울의 거리에서 운전을 하다보면, 그 차이는 확연하다.

한국의 교통 도덕이나 운전 매너가 형편 없다는 것은 우리 외국인 누구나가 느끼는 바이지만, 특히 젊은이들의 운전 매너는 난폭하고, 제멋대로이다. 다른 사람은 조금도 개의치 않는다.

갑자기 끼어들어 놀라게 한다든지. 주행을 자기멋대로 하는 운전자는 예외 없이 젊은이들이며, 중년 이상의 사람들이 그런 난폭한 운전을 하는 경우란 거의 없다.

공공 교통기관인 버스나 전철 안에서도 제멋대로 행동하는 것은 젊은이들이며, 거리를 걸을 때에도 무리를 지어 길을 메우다시피 몰려가는 것도 그들이다. 오히려 어른이 길을 비켜서서 그들이 지나가도록 기다리는 일조차 있다.

때로는 보무당당한 젊은 아가씨의 행군이 좁은 도로의 통행을 잠시 마비시키기도 한다.

물론 어느 나라에나 그런 젊은이가 있기는 있지만, 그렇지 않은 젊은이들이 훨씬 많다.

40세 이하는 비예의지국

한국을 '동방예의지국'이라고 부르지만, 단서를 붙여서 40세 이상에게는 예의지국, 그 이하에게는 비예의지국이라고 하는 편이 나을 것 같다.

무엇보다도 한국인이 품고 있는 오해 중의 하나가 예절은 동양에만 있다는 착각이다. 그러나 유럽도 또한 예의의 나라이며, 한국의 선비정신과 상통하는 서양의 기사도가 근본적으로는 같은 맥락의 철학이다.

한국의 젊은이들을 보면, 서구화 이뤄 비예의화라고 생각하는 것 같다. 왜냐 하면 한국 젊은이의 유행은 구미의 나쁜 점만 모조리 받아들인 듯하기 때문이다. 블루 진도, 장발도, 디스코도, 서양의 양식 있는 어른들에게는 조금도 환영 받지 못하고 있으며, 앞으로도 환영 받을 기미는 전혀 없다.

한국에는 젊은이들이 차를 소유하는 경우가 점차 늘어나고 있는데 수입도 없는 젊은이가 멋진 차를 몰고 다닌다는 것은 프랑스나 미국에서는 생각조차 할 수 없는 일이다.

프랑스는 옛날에 자동차의 왕국이었고, 미국도 지금까지는 왕좌를 차지하고 있다. 그런 나라에서도 젊은이는 수입의 범위 내에서만 차를 구입한다.

수입이 없는 젊은이에게 새 차를 사 준다면, 그 부모는 아이들을 제대로 교육시키지도 못하는 바보와 벼락 출세한 사람으로 주위로부터 경멸을 받을 뿐이다.

따라서 자가용을 갖고 싶은 서양의 젊은이는 그것을 갖기 위하여 필사적으로 일한다. 재벌의 자식이라 하여도 예외가 없다.

어른의 잘못

한국에서는 어른이 젊은이를 이해하는 것을 미덕이라고 생각한다. 물론 어느 정도의 이해란 인간으로서 당연한 것이며, 전혀 이해심이 없다고 한다면 인간성을 의심 받을 것이다.

그러나 시대의 변화가 급격한 현대에 있어서 어른이 젊은이를 100

퍼센트 이해한다는 것은 불가능하다.

대학의 교정에서 학생이 술판을 벌였다가 잘못되어 불이 났다고 하자. 그것을 젊은이들이 한 짓이니 도리가 없다고 한다면 그 어른은 바보임에 틀림없다. 처벌을 할 수 없는 어른이라면 무책임하고 무기력한 사람이며, 그것이 대학 교수라면 학생을 가르칠 자격조차 없는 사람인 것이다.

나쁜 것은 나쁜 것이다. 그 행위가 인간으로서 용서 받지 못할 상식 이하의 행위라면 벌을 주는 것이 마땅하다.

이것은 강경파가 좋다든가 온건파가 좋다든가 하는 구별을 지어 비판하려는 것이 아니다. 사람은 40세를 넘으면 안전을 추구하는 것이 인지상정이다.

그러나 만일 한국의 어른이 이해의 도를 지나쳐서 꾸짖어야 할 때 꾸짖지 않는다면, 다음 세대의 이 나라는 암흑 세계에 빠지고 말 것이다.

아첨하는 어른들

젊은 시절에는 그에 따른 구속도 있고, 구속이 있기 때문에 그 이후의 자유가 꿈이 되고 즐거움이 된다. 그것이 또한 인생의 보람을 만드는 것이다. 이러한 과정이야말로 어느 나라에서나 동일하다.

지금 어른이라고 불리우는 사람들도 그 구속의 시기를 거쳐서 어른이 된 사람들이다. 예의나 예절이란, 그 구속을 참는 것이며, 어른이 가르치고 깨우쳐 준 것들이다.

내가 아는 대부분의 중년 이상의 한국인은 가난을 참고, 전쟁의 어려움도 참아 온 사람들이다. 블루진도 없고, 자동차도 없고, 디스코도 없던 시대의 한국에서 가난과 싸워 온 사람들이다.

대량 생산시대를 맞고부터 일부 기업들이 젊은이들에게 아첨을 해야 한다는 것을 알게 되었고, 매스컴도 사세 확장을 위하여 젊은이들에게 영합하게 되었다. 교사도 교수도 학생들에게 영합하고, 경영자도 종업원들에게 영합하고, 정치가는 국민에게 영합하게 되었다. 모든 어른들이 모든 젊은이들에게 굽실거리게 되었다(?).

미국은 모르지만, 적어도 프랑스에서는 어른이 젊은이에게, 어버이가 자식에게 아첨하는 일은 부끄러운 짓이라는 생활 감정이 아직도 지배적이다. 그것은 시민 생활의 철학이어서 누구나 본능적으로 지키고 있는 신조이다.

좌절감도 주어야

어른은 자기 자신의 인생에 의하여 형성된 도덕률을 갖고 있다. 그 도덕률에 의하여 자기를 다스리고, 또한 타인도 다스린다.

젊은이는 아직 인생 경험이 얕고, 자신을 다스릴 도덕률이 완성되어 있지 않다. 그러나 젊은이에게도 욕망은 있고, 그 욕망을 채워주지 않는 어른에 대하여 불만을 품는다.

옛부터 한국에는 '그림의 떡'이라는 말이 있다. 밥상 위의 떡처럼 항상 먹을 수 있는 것이 있는가 하면, 도저히 자기 힘으로는 어찌할 수 없는 것도 있는 법이다. 생존을 위한 떡이 아니라 사치스런 승용차가 젊은이들에게 줄 영향을 생각해 보아야 한다.

요즘의 젊은이들은 자기의 노력없이 '누워서 떡먹기' 식으로 부모 덕을 보려는 경향이 심각하다. 지금의 한국처럼 소득 수준이 점점 높아진다면, 젊은이가 갖고 싶은 것이면 무엇이건 어른들이 해 줄 수 있게 될 것이다. 욕망을 채워 주면 이해해 주는 것이고, 거절하면 이해해 주지 못하는 것이 되어버린다.

풍요한 시대에 거절한다는 것은, 가난한 시대에 해 주는 것보다 더 어려울지도 모른다. 그러나 그 곤란을 극복하지 못한다면 어른으로서의 자격이 있을까?

로마제국도 하루 아침에 멸망해 버렸다. 다음 세대에게 기대할 것이 없다고 한다면 한국의 미래는 어떻게 될 것인가? 한국의 어른은 꾸짖는 법을 먼저 알아야 한다고 생각한다.

서울에서 돈벌기

금년 여름은 참 유난히도 더웠다.

인류는 멸망해도 곤충만은 살아남을 것이라고 주장한 학자들도 있지만, 지나친 더위 때문에 파리나 모기가 번식하지 못해서 전염병도 발생하지 못했다.

뇌염이나 콜레라가 말썽을 부리지 않아서 정부의 어떤 관리는 희희낙락 즐거운 표정이고, 살충제 메이커는 돈벌이가 안 되어서 울상을 짓고 있다. 너무 높은 기온 때문에 도열병인가 무언가 하는 병도 격감되어서 농약 메이커는 울상이고 정부의 어떤 관리는 풍년을 장담하며 즐거운 표정이라고 한다.

한국인 친구 중에 여름을 무척이나 좋아하던 사람이 있었는데, 금년 여름만은 참 죽을 맛이라고 불평을 하고 있었다. 이 친구는 작년까지만 해도 더울수록 즐거운 표정이었고, 땀을 줄줄 흘리며 보신탕을 먹는 즐거움으로 여름을 보내고 있었다.

그 동안 그의 불평은 실로 대단한 것이었다. 개를 사랑한다는 어떤 영국인이 다녀가고 나서 혐오 식품이라는 말이 등장했고, 심지어는 나쁜 균까지 있다는 학설(?)까지 등장하고, 드디어 보신탕이 서울에서는 금지되고 말았다.

이 친구의 불평이나 보신탕 옹호론은 좀 과격한 데가 있었는데, 그것은 오직 국력 때문이라는 것이었다. 조상 대대로 애식애음되어 온 것을 외국인들이 무어라고 한다고 해서 없앤다는 것은 말도 안 된다는 것이었다.

고래를 사랑하는 친구들이 일본을 비난하지만, 일본인은 엄연히 고래 고기를 먹고 있지 않느냐, 리훙장이라는 중국 사람은 영국 여왕에게서 선물로 받은 그 비싼 강아지조차 잡아먹지 않았느냐, 우리는 뭐가 무서워서 개 한 마리 못 잡아먹는단 말이냐!

한국 상품 불매 운동을 벌이겠다는 그 친구들이 과연 우리 상품을 얼마나 사갔느냐 말이다……. 그의 열변은 속사포처럼 쏟아져 나왔다.

나는 조용히 웃으면서 그래도 일단 법이 금지한 걸 어떡하느냐, 악법도 법이 아니냐고 반문했던 적이 있었다.

그런데 며칠 전 기쁜 소리가 들려왔다. 나를 점심 식사에 초대한다는 것이었다.

그 친구가 나를 데려간 곳은 으슥한 골목 안이었다.

어귀에서부터 그 특유의 냄새와 열기가 넘쳐나고 있었다. 개 눈엔 뭐 밖에 안 보인다더니! 그곳은 바로 보신탕 집이었다.

나도 보신탕을 먹을 줄 안다는 건 이미 말씀드린 바 있지만, 나는 별로 밝히는 편은 아니기 때문에 까맣게 잊고 있었다.

그러나 이게 웬일인가? 서울 중심가에 단지 뒷골목이라는 이유로 엄연히 존재하고 있었다. 존재하는 정도가 아니라 앉을 틈이 없을 정도로 만원이었다. 한국인이 개를 이처럼 사랑할 줄이야 '예전엔 미처 몰랐어요'였다.

이처럼 좋아하는 것을 금지하다니! 과연 그 친구의 열변을 이해할 만했다. 더욱이 그의 해설은 나를 놀라게 했다. 금지해 봐야 소용이 없다는 것이다. 그 때 뿐이고 금방 잊어버린다는 것이었다.

보신탕뿐인 줄 아느냐, 이발관에 칸막이를 없애라는 것도 그 때뿐이고, 엄연히 퇴폐 영업을 하고 있지 않느냐. 한국에서 돈을 벌려면 금지해도 못 들은 척, 금지하면 할수록 그 반대로 가면 된다는 것이 그의 지론이다.

최근 프랑스의 『르몽드』 지에 '서울에서 돈벌기'라는 르포 기사가 있었다.

내용은 한국인들의 외국어 열 때문에 별 볼일 없는 프랑스인조차 아주 좋은 수입을 올리고 있고, 프랑스어를 할 줄 안다는 사실 하나만으로 방송국 근무에다 좋은 가문의 처녀와 결혼까지 할 수 있었다는 '기적'을 소개하고 있었다.

시골식 국제도시

내 친구 루이는 다시는 한국에 오지 않겠다고 말했다. 사실 어느 누구라도 그 친구처럼 악몽 같은 경험을 하게 된다면, 당연히 그런 생각을 갖게 될지도 모른다.

과연 어느 누가 악몽을 좋아하겠는가?

며칠 전의 일이었다. 공항 택시를 타고 곧바로 시내까지는 들어왔지만, 도무지 우리 사무실을 찾을 수가 없다며 전화를 걸어왔다. 거기가 어디냐고 물었다. 모르겠다는 대답이다.

'그럴 리가 있나? 온 천지가 글자 투성이인데 읽을 수가 없다니?'

지나가는 사람에게 물어도 슬슬 피하거나 모르겠다고 대답하더라는 것이었다. 발음을 또박또박 분명히 하고 다시 한 번 물어보라고 일렀다.

프랑스식 발음을 알아들을 만한 한국인이 과연 몇 사람이나 될까?

잠시 후에 다시 전화가 왔다. 알아듣는 사람이 없다는 것이다.

이런 낭패가 있나?

있는 곳을 알아야 찾아라도 갈 것이 아닌가? 아마도 '세종로'로 가자는 말을 '종로'로 알아듣고 택시 운전사가 종로 어디쯤에 적당히 내려놓은 모양이었다.

하는 수 없이 지금 있는 곳에서 큰 네거리까지 걸어가서 교통 표지판에 있는 영어를 적어 가지고 다시 전화를 하라고 일렀다. 잠시 후에 연락이 왔다. 지금 말한 그 표지판 밑에 꼼짝 말고 서 있으라고 이르고는 부리나케 달려 나갔다.

루이는 한국의 삼복더위를 제대로(?) 만끽하며 땀을 줄줄 흘리며 서 있었다.

루이가 촌닭처럼 서 있는 모습을 발견했을 때 쿡쿡 웃음이 터져 나오는 것을 참아야 했다. 루이가 땀을 흘리는 것인지 우는 것인지 나는 도무지 표정을 읽을 수 없었다.

"이놈의 나라에 두 번 다시 오는가 봐라!"

사실 루이는 이번 출장이 있기 전부터 한국을 보고 싶어 했다. 내 아내의 나라, 아름다운 나라, 경이적인 발전을 하는 나라, 올림픽이 열린 나라…… 올림픽 때에도 찾아오지 못했던 것을 입버릇처럼 후회하던 루이가 꿈에 그리던 한국에 와서 미아가 될 줄이야 누가 알았겠는가?

한국에서는 건물 이름이건 상호건 알파벳 문자를 거의 쓰지 않는다. 한자도 쓰지 않는다. 대단한 국수주의다.

그러나 유감스러운 것은 조금도 국제적이 아니라는 점이다. 호텔이나 백화점처럼 관광객과 직접적으로 관련이 있는 곳을 제외하면 철두철미 한국인들만의 나라임을 실감하게 된다.

외국인이 어쩌다 길을 잃어도 그것은 오로지 그 사람의 잘못이다. 한국은 시골이나 서울이나 외국인에겐 정글이나 마찬가지다. 아마도 아프리카의 밀림을 탐험하는 스릴을 한국의 아스팔트 정글에서도 만끽하라는 배려(?)인지도 모른다.

그러나 관광 한국, 올림픽 한국을 지향하는 이 마당에 외국인에 대한 서비스 정신이 너무 미흡한 것이 아닐까? 외국인들이 한결같이 불평하는 한글 전용주의가 과연 서울을 '시골 국제도시'로 만들고 있는 것은 아닐까? 국적 불명의 외국어식 상표는 범람하면서도 실제적인 지형 표시에는 한글 전용주의를 고수하는 저의가 무엇인지 궁금할 뿐이다.

나는 루이가 다시 한국에 오고싶어 하고, 더 많은 외국인이 불편없이 즐기는 서울이 되기를 바란다. 악몽 같은 추억을 가지려고 귀한 달러를 쓰러 올 사람은 없을 것이기 때문에.

명함을 드리며

우선 인사를 드려야겠다.

"처음 뵙겠습니다."

"쟝 뽈 마띠스라고 합니다."

"잘 부탁합니다."

이름이 인쇄된 4각의 카드, 명함을 갖지 않은 한국의 샐러리맨이란, 여권 없는 미국인이나 열애하던 다이애나 왕비와 함께 있지 않은 찰스 황태자 같은 존재다.

한국인에게서 명함을 빼앗아버린다면 벌거숭이로 남들 앞에 나선 느낌, 또는 자기가 아닌 느낌을 갖게 될 것이다.

나도 명함을 갖고 있다. 그러나 처음에는 그 불가사의한 존재에 대하여 당황했고, 한편 흥미롭기까지 했다.

시간이 지남에 따라 명함의 전통과 효용성에 대하여 깨닫게 되었다. 그리고 이 동방예의지국에서 업무를 훌륭히 처리하기 위해서는 명함을 착실히 준비해 두어야 한다는 사실을 터득하게 되었다.

그러나 내가 처음 만든 명함은 실패작이었다. 명함이란 용의주도하게 만들어야 한다. 지위나 직함은 가능한 한 많이 나열해 두는 것이 좋다. 나는 파리 본사의 허락도 없이 스스로를 특진시켜서 좀 거창하게 장식했다.

명함의 교환은 사이버네틱스(인간공학 : Cybernetics)의 법칙에 지배되는 듯하다. 무의식 중에 충동적으로 머리를 숙이며 허리까지 굽히며 명함을 내밀고 악수를 한다.

명함을 건넬 때 나는 일종의 스릴을 느낀다. 상대가 나의 명함을 보며 어떻게 응대해 올 것인가가 항상 궁금하다.

그리고 한국에서는 업무상의 관계라면 아무리 친해져도 퍼스트네임(이름)을 부르지 않는다. 일반적인 호칭은 미스터이지만, 대개 직함과 성을 붙여서 부른다. 그래서 나는 김 부장과 김 과장을 수도 없이 만났다. 한편 김 씨가 이 나라에서 가장 많다는 사실도 알게 되었다.

때로는 공무원과도 만나는 일이 있었는데, 그들은 웬일인지 명함을 주기 싫어하는 것 같다. 약속이나 한 듯이 지갑을 열어보기도 하고, 서랍을 열어보기도 하며, 명함을 찾는 척한다(실례). 그리고는 유감스러운 표정을 지으며 끝내는

"명함이 떨어졌군요."

하는 것이다.

그러나 파티에서는 그러한 '명함 콤플렉스'를 갖지 않아도 된다. 파

티란 거대한 명함 교환 장소와 같은 곳이다. 알콜이 돌면, 아무에게나 약을 먹이는 한국의 의사처럼 누구에게나 주어도 좋다.

파티가 처음 시작되면 조용한 분위기로 가벼운 화제가 흐른다.

그런데 손님들은 상대가 어느 정도의 인물인가를 재빨리 평가한다. 명함을 줄 가치가 있는 인물인가를 판단하는 것이다.

그런 품평 대상이 된 나도 묘한 긴장감을 느끼게 된다. 이마의 비지땀을 닦기 위하여 포켓에서 손수건을 끄집어 낸다.

내 손이 포켓에 들어가는 것을 보는 순간 카우보이가 상대의 손놀림을 보고 권총을 뽑듯 나의 상대방도 재빨리 명함을 꺼내는 것이다. 이 모습은 기막힌 조건반사이며 사이버네틱스이다. 그리고는 허리를 구부리고 손을 내밀며 잘 부탁한다는 말과 함께 명함을 건네 온다.

외국인 중에서 명함 때문에 곤란을 받는 것은 비즈니스맨일 것이다. 상담을 하다보면 10여 명의 명함이 한꺼번에 쌓이는 수가 있다. 동양인의 얼굴은 모두가 비슷비슷하여 구별하기가 힘들다. 이럴 때 한국인을 어떤 방법으로 구별하면 좋을지 가르쳐 주시면 좋겠다.

내 친구 한 사람은 방문한 회사에서 돌아와 수첩을 그곳에 두고 온 것을 알았다. 얼마 후에 그 회사의 직원이 수첩을 가져다주었는데, 그 속에는 회의에 참석한 인물들의 명함이 들어 있었고, 그 명함에는 개인마다의 촌평이 메모되어 있었다.

A부장—손톱을 깨물다.

B부장—수다쟁이.

C과장—여학생처럼 웃다.

D씨—뻐드렁니.

다음 날 상담이 계속되었다. 물론 아무도 그의 수첩을 펴보았다고 말하지 않았다. 그러나 그 친구는 낭패하지 않을 수 없었다.

손톱을 깨물던 남자는 두 손을 마주 쥐고 있었다. 수다쟁이는 조용해졌다. 예쁘게 웃던 남자는 웃지 않고, 뻐드렁니의 남자는 마스크를 하고 있었다.

한국에도 사진이 든 명함이 보급되고 있다. 우리 외국인에게도 그런 명함을 주셨으면 좋겠다.

'여러분, 우리가 국제적인 실례를 하지 않도록 도와주십시오.'

놀며 일하며

'일하라, 더욱 일하라, 끝까지 일하라.'고 갈파한 사람은 독일의 철혈 재상 비스마르크다.

이 유명한 말에서 받는 느낌은 사람마다 다를 것이다. 어떤 사람은 '그 친구 웃겼군.' 할 것이다. 어떤 사람은 감격해서 주먹을 불끈 쥘지도 모른다.

'일'이란 말에 대해 갖는 느낌은 민족마다 사람마다 다르고, 때와 장소에 따라 다르기 마련이다. 적어도 내 생각에는 그렇다. 그러나 한국인은 어떨까? 한국인에게 있어서 일이란 무엇인가? 놀이란 또 무엇인가?

프랑스 말에서 travail(뜨라바이으)란 말은 '일', '노동'이란 뜻도 있지만 '수고', '고통'이란 의미도 갖고 있다. 또 다른 뜻에는 '짐승을 붙들어 매는 틀'이란 뜻도 나타낸다. 그래서 어떤 면에서 프랑스인은 '일'이란 말에서 받는 느낌이 별로 좋지 않다고 볼 수 있다.

그렇다면 프랑스인은 일을 하지 않는단 말인가? 그야 물론 정반대로 '농'(아니다)이다. 프랑스인의 꿈은 별장을 갖고, 바캉스를 가고 랑띠에(rentier : 연금을 받는 사람, 빈들거리며 노는 사람)가 되는 것이지만, 일할 때는 열심히 일하고, 놀때는 철저히 놀기만 한다.

프랑스에서는 아침 9시에 출근해서 2시간의 낮 휴식을 즐기고, 오후 7시에 마친다. 낮 휴식 시간에는 느긋하게 술까지 곁들여 진수성찬을 먹을 수도 있고, 집에 가서 아내를 사랑할 수도 있다. 그러나 근무 시간에는 모든 선진국이 다 그렇듯 정신없이 일한다.

근무 시간에는 예약도 없이 찾아온 사람은 만날 수도 없고, 지나다가 들른 친구를 대접할 수도 없고, 잡상인과 흥정을 할 수도 없고, 다방에서 동료들과 히히덕거릴 수도 없고, 목욕탕이나 이발관에 가서 멋진 애무를 즐기며 잘 수도 없고, 물론 애인과 은밀히 데이트를 할 수도 없다. 일과 관계없는 일은 일절 허용되지 않는다.

그러나 한국은 어떤가?

일을 하는 폼이 물에 물을 탄 것인지, 술에 술을 탄 것인지 도무지 알 수 없는 경우가 많다. 출근 시간만은 분명하지만 퇴근 시간은 도무지 종잡을 수가 없다. 높은 양반이라도 버티고 앉아 있는 날이면, 더욱 예측할 수가 없다. 때로는 높은 분의 퇴근 시간이 곧 자기의 퇴근시간이 된다. 아니, 높은 분의 퇴근 시간보다 늦는 것이 보통이다.

그래서 어떤 출세주의자는 낮에 빈둥거리고 놀다가 퇴근 시간 후에야 열을 내는 경우도 있다. 한국에서는 잔업이라는 것은 당연한 일처럼 되어 있고, 잔업을 많이 하는 사람이 유능한 사람이다.

최근 경제기획원이 발표한 한국인의 평균 노동 시간은, 선진국보다 많은 것으로 나타났다. 그러나 실질적인 근무 시간을 따져 본다면 어떨까? 오히려 선진국보다 적을지도 모른다.

그러면서도 고도 성장을 이룩해 가는 것을 보면, 노는 지 일하는지 모를 한국식 근무 태도가 다른 선진국의 그것보다 훨씬 능률적이라고 말할 수 있다. 그렇다면 모름지기 선진국들도 한국식 근무 태도를 배워야 할 것이다.

그러나 만일 한국인들이 좀 더 철저히 일하고, 좀 더 철저히 놀 줄을 안다면 더욱 무서운 속도로 성장해 가지 않을까?

물론 한국의 근무 시간이 너무 철저해지면 나로서는 불편한 점이 한두 가지가 아닐 것이다. 예약없이 아무나 만날 수도 없고, 함께 사우나에 가서 느긋하게 쉴 친구도 없어질 것이기 때문이다.

출세 경쟁과 '랑띠에'

프랑스어에 '랑띠에'(rentier)라는 말이 있다. 한국어로 번역하기가 약간 어렵지만, '아무 것도 하지 않고 빈들거리는 사람', 혹은 거기에서 파생되어 '팔자 좋은 사람'으로 사용되는 경우도 있다.

이 랑띠에는 평균적인 프랑스인의 이상상이다. 주식 배당이나 예금 이자, 혹은 연금 등으로 여생을 보낼 수 있다고 판단되면 프랑스인은 아무 미련없이 일을 버리고 랑띠에가 된다.

성공해서 이름을 날린다거나 정년퇴직을 한다거나 하지 않는다. 도중 하차를 하든, 아직 얼마든지 일할 수 있든, 어쨌든 랑띠에가 될 수 있을 것 같으면 곧바로 그만두는 것이다.

이렇게 말하는 나 자신도 한시라도 빨리 랑띠에가 되고 싶지만, 사업이 일진일퇴로 좀처럼 목돈이 생기지 않는다.

그러나 한국에서 살다보면, 한창 일할 나이에 랑띠에가 된다고 하는 프랑스적인 발상이, 이상한 사고방식이라는 생각으로 점점 바뀐다.

이 나라에서는 근면이 미덕이요, 태만은 당연히 악덕이다. 서울의 오피스 가의 점심 식사 광경은 보통의 프랑스인이 보았을 때 정신이 아득해질 만큼 어처구니 없다. 거기에는 휴식도 없으며 즐거움도 없다. 식사 시간은 짧으며 사람들은 빨리 식사하기의 경주에 참가하고 있는 것처럼 보인다.

곰탕이나 김치찌개, 된장찌개 같은 한국 음식과 자장면이나 우동 같은 중국 음식이 샐러리맨들의 주식인 것처럼 보인다.

식사 시간은 고작해야 20분이며, 물론 알콜류는 일절 없다. 런치라고 하는 정식을 먹는다고 해도 점심 식사에 할애하는 시간은 30분을 넘지 않는다.

저녁은 저녁대로 잔업이 거의 보편화되어 있으며, 정각에 전원이 퇴사하는 회사가 오히려 진기하다.

"한국인들이 저 사람은 일을 잘 한다고 평했을 경우는, 10의 일을 꼭 10만 처리한 것을 말하는 것이 아니다. 주어진 10의 일에 2를 보태어 12의 일을 한 경우를 말한다."

나의 선임자는 부러운 듯이 이렇게 말했다. 그런데 확실히 그가 말한 그대로다. 10의 일을 12만큼 한다는 근로 관념이 구미인에게는 전혀 없다. 우리는 어디까지나 10의 일을 10밖에 하지 않으며, 만약에 10의 일을 12만큼 했다고 해서 상사가 그것을 근무 평가의 자료로 삼지도 않는다.

이렇게 치열한 경쟁을 뚫고 관리직에서 중역으로 진급하고 싶어하는 것이 한국의 보통 샐러리맨의 유일한 희망인 것처럼 보인다. 극히 드물게 출세 경쟁을 포기하고 퇴사하는 사람도 있지만, 그것은 예외 중의 예외다.

운좋게 출세 경쟁의 승리자가 되어 중역, 그리고 사장이 되었다고 하자. 구미에서는 사장 재임 기간이라는 것이 기껏해야 3~4년이 보통이며, 또한 60대가 한도로 정해져 있지만, 한국의 경영자는 재임 7~8년에서 10년인 사람도 얼마든지 있다. 또한 70대 노령의 경영자도 많다.

한국인은 인생을 60부터라고 생각하고 있다. 즉 성공해서 이름을 날리며, 퇴사하지 않고 일하는 경영자가 적지 않다. 따라서 사장이나 중역으로 근무 중에 사망하는 케이스도 드물지 않다.

이런 나라니까 경이적인 고도 성장을 이룩했다고 해서 그것이 이상할 것도 기적이랄 것도 없다.

점심 식사에 2시간을 소비하며, 와인을 마시며, 때로는 집에서 아내와 오후의 정사를 즐기기도 하는 라틴계 민족이 한국의 경제 번영에 질투를 느낄 정당한 이유는 아무것도 없다.

단, 랑띠에를 일생의 소원으로 생각하는 프랑스인의 입장에서 보면 한국인은 도대체 무엇을 위해서 일하는 것일까 하는 의문을 갖는 것은 당연하다. 나 또한 그런 의문을 갖고 있는 사람이며, 지금도 이해할 수 없는 한 사람이다.

한국이 풍족해진 것은 사실이지만, 개개인이 배당이나 이자로 생활해 나갈 수 있을 정도로 재산 축적이 가능한 사람은 적다. 그러나 전혀 없는 것도 아니다. 내가 보기에는 꽤 많은 사람이 랑띠에가 될 수 있는 자격을 갖고 있다.

즉 어느 정도의 재산(만약 10억 원 이상이라고 하자)을 가졌어도 이 나라 사람은 더 일하려 하고, 일할 수 있는 여력이 있는 동안은 일한다.

'사장'이라는 말이 한국에서는 '선생님'과 나란히 가장 포퓰러한 존칭이다. 서울의 일류 요정이나 일류 살롱은 고객의 대부분이 사장과 선생님에 의해서 점유되고 있다. 사장은 그만큼 매력적인 직함이며 누구나가 이 직함을 원한다.

생선과 식료품을 파는 3인 가족의 가게를 보는 상점 주인도 사장이다. 나는 그런 가게의 사장 노릇을 하는 사람들의 심정을 충분히 이해할 수 있다.

그들의 자녀가 성장할 때까지 사장 자리에 있다고 해서 그들을 탓할 수는 없다. 그러나 주식 시장에 주를 공개할 정도의 기업체 사장이, 이미 랑띠에가 될 만한 조건을 갖추고 있음에도 불구하고 사장 자리에 집착하는 케이스가 많은 것에는 약간 놀라지 않을 수 없다.

또한 전경련(전국경제인연합회)이나 상공회의소 간부가 고연령임을 보더라도 나는 그들이 어째서 그 나이까지 일하지 않으면 안되는지 전혀 알 수 없다.

프랑스 하면 파리 교외에 아담한 집을 짓고 살며, 시즌에는 오페라나 연극을 관람하기 위해 파리 시내로 나가는 그런 연령의 사람들, 독서하며 정원의 장미를 손질할 연령의 사람들이 왜 그처럼 일에 집착할까?

한편 요정이나 클럽에서 선생님으로 불리는 정계 인사(물론 그 중에는 교수나 의사, 작가 등도 있지만)도 70대나 80대가 매우 많다.

그들도 또한 랑띠에가 되는 것을 좋아하지 않아서인지 신체가 고장이 난다든가 낙선할 때까지는 좀처럼 물러서려고 하지 않는다.

한국이라는 나라는 우리가 볼 때 일부 노인층에 의한 독점 사회로서, 그 노인층이 사라지지 않는 한 프랑스적인 랑띠에 사상이 뚫고 들어갈 여지는 없다고 생각된다.

어쨌든 한국에서는 '쓰러진 후에 그만둔다'는 사상이 미화되는 것 같으며, 죽을 때까지 일하는 것을 최대의 미덕으로 꼽는 것 같다.

어떤 병사가 '죽을 때까지 깃발을 놓지 않았다'고 하는 무용담이 있지만, 한국인에게는 '죽을 때까지 자리를 내놓지 않겠다'는 정신이 면면히 숨쉬고 있는지도 모른다. 그 정신을 이해하지 못하면 '한국인이 달려온다.'고 뉴스위크의 표지에 등장할 정도로 외화 획득에 돌진하는 정신도 이해하지 못한다.

한국인에게 있어서 인간의 육체란 한 대의 기계에 불과한 것일까? 그 기계가 마멸되어 사용하지 못하게 되지 않는 한 움직인다고 하는 사고방식이 그들의 머리를 지배하고 있는 것일까?

또한 '직함'이 그렇게 중요한 것일까? 프랑스에서의 직함은 사람이 인생을 보낼 때에 얼굴에 묻은 먹 정도로 밖에 생각하지 않는다. 얼굴에 묻은 먹이라면 닦으면 없어지고 만다. 진짜 인생은 개개인의 프라이비트(private)한 시간에 있다고 하는 프랑스적인 사고방식을 취한다면 70, 80세까지 직함을 갖고 일하는 것에서 삶의 보람을 느끼는 한국적 사고방식은 인생의 낭비라 생각된다.

70, 80세까지 대단한 직함을 가지고 일을 계속하여 막대한 재산을 모았다고 하자. 그것도 죽음의 길에 선물로 가지고 갈 수는 없다. 진짜 개인주의는 부모 자식간에도 적용된다고 하는 것이 프랑스인의 사고방식이다.

자손에게 재산을 남겨도 소용없다. 오히려 재산을 남긴다는 것은 자식이나 손자를 망치게 하는 것이라는 사고방식이 프랑스인들에게는 지배적이다.

결국은 '직함'도 일대에서 끝나는 것이다. 아들이 부친의 회사에 입사하는 케이스는 프랑스의 대기업에서는 거의 없다고 해도 좋다. 직업 선택은 본인이 해야 하는 것이며, 부모와 자녀의 선택이 일치한다는 사실이 오히려 이상하다.

이 사고방식을 연장시켜 가면 인생의 선택권(어떻게 살아갈 것인가)은 어디까지나 본인에게 있으며, 부모를 비롯한 제3자에게 위탁하는 것은 인생에 대한 모독이라고 하는 사고방식이 프랑스인에게는 강하다.

한국인의 인생관과 프랑스인의 그것이 현저하게 다른 것은 역사의 차이, 풍속이나 습관의 차이에서 오는 것이므로 당연하다고 할 수 있다. 어떤 것이 좋고 또 어떤 것이 나쁘다고 할 수는 없지만, 우리가 볼 때 한국인의 인생은 숨이 막힐 것만 같은게 사실이다.

이 나라 사람들에게 랑띠에 지향의 사상이 없음이 경제 번영을 가져 온 것은 사실이지만, 개개인의 생활에 여유가 없다는 면에서 보면 중진국은 커녕 빈궁스럽게만 보인다.

나는 한 사람의 외국인으로서 근면한 한국 사람들이 한 번이라도 좋으니까 랑띠에를 지향할 생각을 했으면 하고 바란다. 그렇게 하면 이 가시 돋친 출세 경쟁도 조금은 완화되지 않을까? '사장'과 '선생님'께 특히 강조드리고 싶다.

대기업 사원 만세

기업과 교제비와 세무 관계만큼 우리 유럽인이 한국에서 이해하기 곤란한 것도 없다. 교제비는 접대비라고도 부르는데, 기업이 거래 상대에게 베푼 식사나 선물 등 갖가지 향응에 지출된 비용을 말한다.

프랑스, 아니 유럽에서는 식사란 개인적인 일이다. 음식만이 아니라 의식주 전부가 개인적인 일이다. 그 의식주의 쾌적성을 추구하기 위하여 '부득이 일하고' 있는 것이다. 따라서 유럽인은 개인적인 의식주 생활의 쾌적성을 보장받지 못하면 보다 높은 월급을 주는 회사로 옮겨가 버린다. 또 아무런 죄악감도 느끼지 않는다.

기업 경영자도 그런 일에 대해서는 충분히 이해하고 있으므로 유능한 종업원이 다른 곳으로 빠져나가도 결코 원망하지 않는다. 어차피 회사란 종업원에게는 '잠시 머무는 곳'에 불과하니까.

그러나 한국의 기업은 종신고용제 비슷하며, 종업원은 24시간의 생활 설계를 회사에 위임하고 있다. 옷은 모르지만, 식과 주는 기업과 개인의 구분이 애매한 곳이 많다.

대기업 중에는 사택제도를 취하고 있는 곳이 많으며 사원 식당을 갖추고 있는 곳도 많다. 사택도 사원 식당도 무료는 아니지만, 매우 싼 것이 일반적이다.

유럽 사회에서 사택에 사는 사람은 탄광 노동자처럼 외지에서 집단적으로 일하는 블루 컬러들이다. 그러나 간부급의 당당한 화이트 컬러도 사택에 살며, 그 사실을 당연한 것으로 받아들이고 있다. 사택에 산다는 것이 결코 수치가 아니며, 대기업의 엘리트 사원이라는 증명서 역할조차도 하고 있다.

그 사택에 매일 밤늦게 택시로 귀가하는 사람은 엘리트 코스를 밟고 있다는 증거가 된다. 사택에 살고 있는 사원이 전부 교제비를 '사용할 수 있는' 입장에 있는 것은 아닐 것이다. 또 전부 교제비로 '접대를 받을' 입장에 있는 것도 아닐 것이다.

그러나 어쨌든 가정 이외의 장소에서 밤늦게까지 '식사'를 하는 사람이야말로 이 나라의 엘리트다. 이런 현상은 프랑스를 비롯한 유럽에서는 상상도 할 수 없는 일이다. 미국이라면 남편이 매일 밤 녹초가 되어 돌아오는 그 사실만으로도 이혼소송의 패인이 된다. 프랑스도 대동소이하다.

그러나 한국은 다르다. 매일 6시나 7시에 귀가하여 가족과 식사를 하는 대기업의 사원은, 우선 아내부터가 남편의 앞길이 어둡지 않을까 걱정한다.

가족끼리 단란하게 저녁 식사를 하는 일은 대체로 과장 정도에서 끝난다. 마르크스조차도 이러한 자본주의의 변형적 발전은 상상조차 하지 못했을 것이다.

한국 대기업의 급여 체계는 아주 공평한 것처럼 보인다. 어제 회사에 갓 들어온 사원과 15년이 넘은 부장의 급여가 경력만큼의 차이가 있는가? 대개는 아니다. 그렇다면 월급은 플러스 알파의 차이이다. 그것이 바로 교제비의 사용 권한이다. 근속 연수만큼 급여의 차이가 큰 것이 아니라 회사에 대한 '충성도'에 무언의 상여금이 포함되어 있는 것이다.

나는 10여 년 사이에 일류 요정에 초대 받은 일이 여러 번 있었는데, 나를 초대한 엘리트들이 직접 자기 호주머니 돈으로 지불했다고 믿을 만한 근거는 거의 없다. 그 자리에서 현금이나 신용카드, 크레디트 카드로 지불하는 것을 본 적이 드물다.

그리고 추석이나 연말에 나도 양복이나 구두 티켓을 받은 적이 있는데, 아마도 엘리트 사이에는 상품권의 교환도 습관처럼 정착돼 있음이 틀림없다.

이 모든 것이 회사의 '필요 경비'다. 그리고 너그럽고 이해심 많은 세무 직원은 그렇게 소요되는 경비를 인정해 주실 것이다.

만일 우리들 프랑스인이 본국에서 거래처의 중역들과 회식을 하고, 필요 경비로 떨어 달라고 부탁을 한다면 파리의 세무 직원은 과연 인정해 줄까? 아니, 이웃 나라 런던이라도 유명한 영국제 맞춤권이 필요 경비로 지출될 수 있을까? 절대로 있을 수 없는 일이다.

그렇다고 해서 유럽의 상식과 한국의 상식을 비교하여 우리 쪽의 것이 옳다고 주장할 생각은 털끝만큼도 없다. 왜냐 하면 한국의 경제적인 발전 속도가 유럽보다 훨씬 빠르기 때문이다.

모든 것은 결과로 판단해야 한다는 관점에서 보면, 양복 티켓이 경제 발전의 한 요인이었는지도 모른다. 그렇다면 그것은 뇌물이 아니라 '선물'이다. 양복 티켓 하나로 거래가 성사될지는 알 수 없다. 그리고 누구 하나 손해를 보는 사람도 없다. 단지 양복 한 벌만큼의 과세 표준이 줄어든 셈이니 국가의 손해인가?

근대 자본주의 국가는 유럽의 합리주의적 사고방식은 돈이 인간을 속박하는 유일한 것이라고 믿어왔다. 그러나 같은 자본주의 국가라도 동양에서는 돈에다가 지위와 역할을 추가하는 지혜를 발휘했다.

서양의 자본주의가 공과 사를 분명히 하는데서 출발한 것이라면, 동양의 자본주의는 공사의 구별을 명확히 하지 않은 채로 출발했다. 그래서 어디까지 공이며, 어디부터가 사인지의 판단은 누구에게나 불가능하다.

그러나 유럽의 합리주의는 공과 사를 간단히 끊어버렸다. 그 결과 회사도 은행도 하나의 물건에 지나지 않으며, 사원도 또한 회사와의 관계에 있어서는 하나의 톱니바퀴에 지나지 않는다. 물건은 간단히 매매할 수도 있고 빼앗을 수도 있다. 톱니바퀴는 그에 대한 아무런 감정도 갖지 않는다.

그러나 한국에서는 빼앗는 것은 악덕이며, 사원의 전직도 악덕이다. 모든 것은 정서적이며, 집안일이라는 의식이 회사를 지탱하고 있다. 회사의 근무 시간 외에 사원들 간에 또는 거래처 사람들과 함께 식사를 하는 것은, 이 나라 비즈니스 세계에서는 하나의 미덕이다.

유럽이나 미국에서 한국에 처음 온 비즈니스맨들은 휘황찬란한 술집 간판들을 보고 놀란다. 그 다음에는 요정이나 살롱이라고 하는 사교장이 많은 것을 알고 또 한 번 놀란다.

그들은 어떻게 그 많은 술집들이 존재할 수 있는가에 대하여 깊은 의문을 품는다. 그것은 유럽의 자본주의 국가에서 온 사람들에게는 당연한 의문이다.

일류 레스토랑에서 마시는 위스키 한 잔에 기껏해야 2달러(그것도 최고이다)하는 나라에서 온 사람이라면, 그 많은 술집의 존재를 어떻게 금방 믿을 수 있겠는가? 또한 그런 고급 술집에는 2달러 짜리 술은 아예 없다.

미녀를 옆에 앉히고, 노래를 부르고, 흥청망청 마시고 나면 몇 백 달러 이상은 간단히 나온다고 한국인 친구가 가르쳐 주었다.

지불은 대개 월말에 회사 돈으로 하는데, 나에게 가장 기묘하게 느껴지는 것은 손님의 수입보다도 술집 접대부의 수입이 더 많은 경우가 흔하다는 사실이다.

직업의 귀천을 따질 생각은 없지만, 단지 술자리에서 시중을 들고, 교태를 파는 '일'만으로 돈을 주는 손님보다 더 많이 벌 수도 있다는 것은 유럽에서는 생각조차 할 수 없는 일이다. 그러나 한국의 위대한(?) 페미니스트들은 그런 것에 별로 개의치 않는 것 같다.

어떻게 보면 그 여성들의 급여 체계도 기업의 외무사원과 비슷하기 때문이다. 그녀들과 함께 한 병에 몇 십 달러까지 하는 위스키를 마시는 손님은, 손님이면서도 손님이 아니다.

왜냐 하면 그녀들의 수입도, 손님의 수입도, 같은 곳(회사)에서 나오기 때문이다. 따라서 불경기 때가 되면 유흥가도 반응이 매우 민감하다. 속되게 표현을 하자면

'기업이 재채기를 하면, 물장사는 몸살을 앓는다.'

이런 한국적 접대 방식은 외국에도 파급되고 있다. 한국의 외국 주재원과 함께 간 적이 있는 그 곳에서는, 한국 노래를 목청껏 부를 수도 있었고, 지불 방법도 똑같았다.

한국의 기업은 산타클로스 같다. 기도를 하면(아니, 하지 않아도) 무엇이든 준다. 사택도 주고, 밤의 즐거움도 주고, 출근 버스도 주고, 바캉스 철이 되면 휴양지도 주고, 스포츠 설비도 주고…….

한국의 개인 소득이 낮다고 주장하는 사람이 있다면,

"잠깐만 기다려 주세요."

하고 말하고 싶은 심정이다.

회사 한 발자국만 나오면 의식주 전부를 개인 소득에서 지출하는 나라의 사람과 어떻게 비교가 되겠는가? 장기 근속자가 공무 수행 중에 사망하면 회사에서 장례까지 치러준다. 대기업에 취직하면 무덤까지도 회사 돈으로 갈 수 있다. 이런 나라가 천국이 아니고 무엇이란 말인가?

대기업에 근무하는 한국인 중에 혹시 누가 불평을 한다면, 나는 나

로시푸코의 한 말씀을 들려드리고 싶다.

"사람은 스스로 생각하는 만큼 행복하지도 불행하지도 않다."

한국인의 죄와 벌

외국인은 면죄

얼마 전에 인천 국제 공항으로 친구를 마중하기 위해 자동차를 달리다가 속도 위반을 하고 말았다. 사무실을 나오기 전에 손님이 와서 친구의 도착 시간에 늦을 것 같아 약간 서둘렀던 것이다. 어쨌든 위반은 위반이요, 변명의 여지가 없었다.

나는 길가에서 교통 경찰에게 면허증을 제출하고, 여러 가지 질문에 답하다가 결국 친구의 도착 시간에 대지 못했다.

그래서 나는 다시 친구의 예약 호텔로 차를 몰았는데, 조수석에 앉아 있던 비서인 미스 김은 내가 하는 행동이 못마땅하다는 듯이 나를 꼬집는 것이었다.

그녀의 비난에 의하면 나는 우선 다음과 같이 말했어야만 한다고 했다.

"친구가 프랑스에서 오기 때문에 바쁩니다."

더구나 가능하다면 그것을 프랑스 말로 했어야만 했다고 미스 김은 강조한다. 만약에 내가 프랑스어로 말하고, 자기가 그것을 한국어로 통역해서,

"이 프랑스 분은 아직 한국에 익숙하지 않습니다."

라고 덧붙인다면, 너그럽고 국제 감각이 풍부한 한국 경찰은 반드시 내 위반을 눈감아 주었을 것이라고 했다.

내가 그렇게 하지 않았기 때문에 생전 처음으로 한국 땅을 밟는 친구 알랭이 공항에서 쩔쩔매다가 혼자서 택시를 타고 호텔로 갔음에 틀림없다.

"가엾어라."

하고 미스 김은 말했다.

미스 김은 비서로서 또는 한국인으로서 만점이라고는 할 수 없지만 매우 우수한 여성이다. 원래부터 세상의 불의와 부정을 미워하는데 있어서도 둘째가라면 서러워 할 정도로 매사에 공정한 사람이다.

그런데 나의 명백한 스피드 위반에 대해서 변명하지 않았다고 해서 그녀는 속상해 하고 있는 것이다.

그래서 나는

"아무리 목적이 친구의 마중이라고 해도, 또한 내가 외국인이라고 해도, 위반은 위반입니다."

하고 분명히 자랑스럽게 소리 질렀더니, 미스 김은 내가 너무 점잖다, 그 정도의 속도 초과는 위반에 들어가지 않는다, 모두들 항상 그 정도로 달리고 있지 않느냐고 강경하게 말했다.

그녀의 말투에 짐작이 가는 것이 있었다. 흔히 서울 거리에서 볼 수 있는 광경인데, 주차 위반 현장을 잡힌 운전사가 손짓 발짓을 섞어가면서 경찰에게 열심히 변명하는 모습이다.

지나가면서 내용을 들어보면

"잠깐, 저기 저 빌딩 이층에 물건을 주려고 갔는데, 글쎄 담당자가 자리에 없어서……."

"친구를 만나기로 했는데, 없어서 잠깐 찾으러 갔었던 것뿐인데요."

그런 변명이 상대 경찰관에서 먹혀들어가는지 어떤지는 끝까지 들어 본 적이 없는 나로서는 알 수가 없다.

법도 마음먹기 따라

단지 어렴풋이 느낄 수 있는 것은 한국인의 평균적인 '법'에 대한 사고방식이다. 그들의 사고방식에 의하면 법이라는 것은 집행자가 마음 먹기에 따라 신축성이 있다.

증거 불충분으로 유죄인지 무죄인지 확실히 알 수 없는 것은 물론이고, 명백한 법률 위반으로 자타가 공인한 것이라도 변명으로 정서적 관용을 기대한다는 것은 우리의 눈으로 볼 때는 정말 이상한 나라인 것이다.

더구나 내 경우는 미스 김의 말에 의하면 '한국에서의 운전이 익숙지 못한 외국인'이라는 이상한 이유가 붙으면, 명확한 법률 위반도 관용을 기대할 수 있다고 한다. 그것은 미스 김의 희망적 추측인지 아니면 실제로 효과적 결론을 내기 위한 것인지, 나는 도대체 알 수 없는데, 외국인 중에는 확실히 효과적이었다고 하는 경험자도 있다.

프랑스에서는 어떨까?

내가 아는 한국인이 국제 면허증을 소지하고 프랑스의 파리에서 렌터카를 빌어 운전했다. 그런데 어느 날, 그는 일반 통행로를 출구에서부터 반대로 들어가다 경철의 제지를 받는 신세가 되었다.

"내가 이 거리에서 운전하는 것은 생전 처음입니다. 국제 면허증으로 운전하는 것도 처음입니다."

"뭇슈 꼬에엥(한국인?)"

"국제 면허증이라는 것은 처음 가는 외국의 거리에서도 법률에 정해진 대로 달릴 수 있는 사람에게 교부하게끔 되어 있습니다."

물론 그는 벌금을 내야만 했다.

프랑스인의 피와 눈물

"프랑스인이란 정말 피도 눈물도 없더군요."

그 한국인은 귀국 후에 나에게 이렇게 말했다. 무슨 소리인지? 내가 그 이야기를 들었을 때, 나는 그 프랑스 경찰이 매우 지당하게 법을 집행했다고 생각했다. 그것이 받아들이는 사람에 따라서는 '피도 눈물도 없다'는 처사가 되니까 무서운 일이다.

훔쳐 들으려는 생각은 없었지만, 내가 한국어를 알게 된 후부터 레스토랑이나 술집의 옆자리에서 들려온 이야기를 들은 적이 있다. 아마도 나 같은 외국인은 한국어를 모른다고 생각하여 안심하고 큰 소리로 떠들었기 때문일 것이다.

내 귀에 들어온 한국인의 대화 내용은 물론 유럽이나 미국에서의 교통 위반에 관한 변명만이 아니다. 그들의 대화중에는 세금을 속이는 화제가 의외로 많다. 탈세는 프랑스에서도 미국에서도 중죄다.

무거운 세금에서 벗어나려고 하는 것은 한국인뿐만 아니라 프랑스인이나 미국인도 마찬가지다. 프랑스인, 미국인, 한국인 사이에 올바른 납세가 국민의 의무라고 하는 관념에 관한 감각적인 차이가 상당히 큰 것처럼 보인다.

재수 없는 사람들

적어도 남이 들을 염려가 있는 장소에서 어떻게 세금을 속였다든가, 어떻게 속이면 좋을 것인가라는 이야기를 한다는 것은 유럽에서는 생각조차 할 수 없는 일이다.

따라서 한국인의 이런 법에 대한 부당한 태도에 접하게 되면 우리 같은 소심한 준법자는 놀라게 된다.

한국인 친구들의 이야기에 의하면 한국에서는 월급 소득자를 제외하고는 많든 적든 탈세를 하고 있으며, 그 탈세를 발각당한 사람은 매우 운이 나쁘다는 것이다.

법 집행에 '운, 불운'이 따른다는 것은 이 나라만의 독특한 사고방식이다.

서울 중심부의 주차 금지 구역에 자동차가 주차되어 있지 않은 때가 거의 없다. 위반 스티커를 받은 자동차 주인은 재수가 없었다고 말한다. 범법했다는 후회보다도 법을 교묘하게 빠져 나오지 못했다고 분하게 생각하는 마음이 강한 것이다.

나는 외국 친구들에게 한국인의 법에 대한 이런 사고방식을 알지 못하면 한국을 이해하기 곤란하다고 이야기해 주곤 한다.

한국인과 법에 관해서 상세하게 해설해 줄 사람 누구 없어요?